モブなのに推しから愛されルートに入りました
「……え？」

　両手首を押さえられた状態で、伸し掛かる
ラファイエットを呆然と見上げる。

「あ……の？」

「逃げるのなら、この場で私のものにするぞ」

「私のものって……え？」

（それって、どういう意味？）

モブなのに推しから愛されルートに入りました

chi-co

24062

角川ルビー文庫

目次

口絵・本文イラスト／ｋｉｖｖｉ

序章

「……カッコいい……」

ラビィは思わず漏《も》れた言葉に慌《あわ》てて口を押さえたが、どうやら誰《だれ》にも気づかれることはなかったらしい。いや、むしろ同感だと思われているのかもしれない。

「新入生諸君、高等部進学おめでとう。自らの人生を生きられるのは自分だけだ。どんな人間になりたいのか。どんな人生を送りたいのか。この学院の中で、君たちの夢を見つけてほしい」

直《す》ぐ目の前。学院の講堂の壇上《だんじょう》で、生徒総長である第一王子が新入生への祝辞を述べている。

プラチナブロンドに美しく整った相貌《そうぼう》、堂々たる振《ふ》る舞《ま》いは大輪の花が咲《さ》くようで、女子生徒はもちろん、男子生徒もうっとりと見惚《みと》れている。

しかし、ラビィは心の中で叫《さけ》んでいた。

（僕の推しの方がもっとカッコいいから見てほし……いや、見られると減るかも）

ラビィの視線は麗《うるわ》しの第一王子ではなく、その斜《なな》め後ろに静かに佇《たたず》んでいるもう一人の人物、副総長である上級生に真っすぐ向けられている。

ラファイエット・セザール。セザール公爵家《こうしゃく》の嫡男《ちゃくなん》である彼は口数も少なく、常に周りを鋭《するど》い眼光で睨《にら》みつけるように見ているので恐《おそ》れられている存在だと言われている――が、実際の彼は勤勉で生真面目《きまじめ》、情に厚く、剣術《けんじゅつ》で鍛《きた》えた体躯《たいく》はしなやかで美しい。

頭脳明晰《めいせき》で魔力《まりょく》も多く、成績は常に学年二位。それはけして彼が上位の人間に劣《おと》っているのではなく、その上位者が彼の親友でもあり、いずれは主《あるじ》となる人物だからに他《ほか》ならない。

忠誠心に厚く、己の犠牲《ぎせい》も厭《いと》わない。まさに男の中の男――と、ラファイエットのことならば彼本人よりも詳《くわ》しいという自負があるラビィは、ようやく同じ空気を吸える憧《あこが》れの推しの存在に興奮が収まらない。

黒髪《くろかみ》に緑の瞳《ひとみ》、いずれは標準装備になる眼鏡を今は掛《か》けていないが、きりりとした目元をこんなにはっきり見ることができるなんてなんという眼福だろう。

今彼は、祝辞を述べている第一王子の後ろから新入生一同を、いや、在校生や列席している保護者までをも視線で牽制《けんせい》している。ただ、その目はある方向できまって微妙《びみょう》に鋭くなっていた。それはラビィ……ではなく、その一つ前の席に座っている人物に向けられる時だ。

(やっぱり、オクタヴィアンのことは警戒《けいかい》しているんだ……原作の通り)

記憶《きおく》にあることと現実が重なる奇妙《きみょう》な高揚感《こうようかん》。ラビィは今ここに自分がいる幸運を再度噛《か》み締《し》める。まさか、この光景を現実として目の当《ま》たりにできるなんて。新入生の一人として列席していたラビィは、感動に打ち震《ふる》えた。

それもそのはず。この場面を、ラビィは小説で、アニメで、ゲームで、媒体《ばいたい》を変えて何度も体験していたからだ。

（本当に異世界転生したんだ……）

思いがこもった息を吐《は》き、ラビィはここに来るまでの出来事を思い返していた。

第一検証　異世界転生について

ラビィ。平民なので家名はない。

ラビィが自分は転生者だと気づいたのは、十三歳になる少し前だった。友達と狩《か》りに行った森で小型の魔物《まもの》と出会ってしまい、命の危機に襲《おそ》われた。その時初めて火魔法を使い、なんとか魔獣《まじゅう》を撃退《げきたい》して帰宅し、高熱を出して寝込《ねこ》んだ数日後、いきなり前の生のことを思い出したのだ。

日本という国でサラリーマンをしていた自分は、ある日突然死《とつぜんし》を迎《むか》えた。

死の原因はわからないが、苦しまずに死んだことだけは感覚的に覚えていた。

新しく生まれた世界では、ラビィは庶民《しょみん》のパン屋の次男だった。転生というのはもっと勇者みたいに剣《けん》が上手に扱《あつか》えるとか、魔法がチート級に使えるとか、世界を大きく変える発明をするとか、オイシイ役になるものじゃないのかと思ったが、ラビィには特別な能力は何もなく、容姿も少し可愛《かわい》いかなというくらいの、男としてはまるで役に立たないまさにモブ中のモブだった。

なぜこの世界に転生したのかと凹《へこ》んだが、日本人として生きていた頃《ころ》は早くに両親を亡《な》くして祖父母に育てられたので、両親という存在がある家族に憧《あこが》れていたせいか、優《やさ》しい両親と兄に恵《めぐ》まれたことが嬉《うれ》しく、それなりに楽しい日々を過ごした。

ラビィはパン屋である実家の手伝いをしている。兄は衛兵を目指しているので、おそらくこのまま自分が跡《あと》を継《つ》ぐんだろうなと漠然《ばくぜん》と考えていた。

この国では子供は八歳から十二歳まで学校に行き、そこから職人見習いや家業の手伝いへと道が開かれていく。さらに、貴族や裕福《ゆうふく》な商人の子、そして庶民でも魔力が高く有望な者はそのまま上の学院に通うことができた。

学院は十五歳までの中等部と十八歳までの高等部に分かれているが、成人は十六歳。高等部の三年間は、主に婚約者《こんやくしゃ》選びや人脈作りが行われ、卒業と同時に結婚《けっこん》する貴族も多いらしい。

平均的な平民のラビィは、普通《ふつう》に十二歳で学校を卒業した。前世で考えれば学歴は小卒になるが、生活に必要な勉強はちゃんと身についている。

前の生では大学まで出ていたので、他の子と比べても勉強をすることは苦ではなかった。それどころか、予想した通り、ここではごく簡単な算数と国の歴史、そして文字を習うくらいで、日本の義務教育はもちろん大学まで行ったラビィにはとても簡単すぎて、記憶《きおく》を取り戻《もど》してからは目立たないよう手を抜《ぬ》く方が難しいくらいだった。

ただ、国の歴史を勉強する中で、憶《おぼ》えのある国名が出てくることに気づいた。そればかりか、

今代のこの国の王家の人間の名前を知った時、ラビィは思わず、

「ファース王国物語！」

そう叫んで立ち上がってしまった。

『ファース王国物語』――それは、サラリーマンだったラビィの息抜《いきぬ》き、いや、熱中できる大好きなライトノベルだ。

大きく言えば、セルリア大陸三大国家の一つ、ファース王国の、第一王子と第二王子の対立を描《えが》いた作品だ。それぞれに母親が違《ちが》い、その背景も違う兄弟は、幼いころからいろんな面で対立をしていた。

その中での悪役は第二王子の母親で、隣国《りんごく》の王女でもあった王妃《おうひ》だ。彼女は自分よりも先に王子を生んだ側妃を恨《うら》み、その子供を排除《はいじょ》して我が子を次期王に据《す》えようと、事あるごとに第一王子の命を狙《ねら》っていた。

ただ、第一王子には心から信頼《しんらい》する友人がいて、彼は第一王子の心の支えとなるだけでなく、その身を挺《てい》して彼を守ってきた。

幼少時代から、少年、そして青年へと話は進み、ラストでは長年暗躍《あんやく》していた王妃を表舞台《おもてぶたい》から引きずり下ろし、友人や自分を助けてくれる人々と共に国を支えていく……まさに王道ストーリーだ。

ただ、これは『ファース王国物語』の本編の話で、この物語が一部コアなファンに受けたの

は、珍《めずら》しいことにいろんなIFストーリーが公式で出ていたからだ。

第二王子が第一王子を暗殺し、王位に就《つ》くがゆっくりと国が崩壊《ほうかい》に向かう話。

第一王子が弟の為《ため》に継承権《けいしょう》を放棄《ほうき》して冒険者《ぼうけん》となり、大陸の別の国に行って騒乱《そうらん》をまとめ、英雄《えいゆう》になる話。

実は第二王子は王妃と公爵家当主の不義の子で、友人である第一王子の為に公爵家の嫡男が第二王子を殺害し、自身も自害する話。

などなど。

多岐《たき》に亘《わた》るストーリーの豊富さはもとより、作者の作品だけでなく、同人誌などでも様々なIF話が書かれていて、マニアの間ではかなり有名な作品だった。

様々な媒体に拡大していった人気のライトノベル。その世界に自分が生まれ変わったという可能性を初めは信じられなかった。しかし、王族や貴族の名前、そして世界情勢も勉強すると、すべてが記憶の中のものと一致《いっち》した。

異世界転生する小説や漫画《まんが》はたくさん見ていたが、まさか自分がその一人になるとは思わなかった。

初めは、嬉《うれ》しさや戸惑《とまど》いよりも、大きな不安に襲われた。日本人だった記憶を持つ自分が、あのライトノベルの世界で生きていくなんてできるのだろうか。

何より、この後起こることとすべてを知っているせいで、何か大変なことに巻き込まれたりしないだろうか。

最初の数カ月間は夜眠《ねむ》れなかったり、店を手伝っている時も、使いで町を歩く時も、学校の行き帰りも怖《こわ》くて何度も振《ふ》り返った。

しかし——恐《おそ》れたことは何も起きなかった。

怖い人も偉《えら》い人も訪ねてくることはなく、毎日普通《ふつう》に生活できた。

変わらない日常が続いてようやくラビィは、この異世界転生が《意味のないもの》だと確信し、それならば挿《さ》し絵やアニメで見たこの世界を存分に楽しむことにした。なぜか死んだ時の記憶がないせいで、前世での死を悲しむことはなかった。

中世ヨーロッパのような街並み。

行きから冒険者や、ローブ姿の魔術師《まじゅつし》たち。

あるあるだなとわくわくしながら、それまで生きたはずのこの世界を改めて楽しんだ。

両親は、突然《とつぜん》魔力を使えるようになったラビィを上の学校に行かせるか迷っているようだが、ラビィ本人は特にそれを望んでいなかった。前世とは違い、パン職人になるのも楽しそうだなと思ったからだ。

日本とはまったく違う世界は、不便だが優雅《ゆうが》でロマンを感じさせる建物や衣服、行動様式はタイムスリップしたみたいなわくわくがあるし、魔法が日常的にある世界も毎日がびっくり箱のような新鮮《しんせん》な驚《おどろ》きに満ち溢《あふ》れていて、毎日があっという間に過ぎていく。

そんな中、ラビィはふと、会いたいと思ってしまった。

今までは『ファース王国物語』の世界の中にいることだけで満足していたが、そこにいるはずの登場人物に会いたくなった。

それが、ラファイエット・セザールという人物。主人公のクリストフェル・ファースの片腕《かたうで》であり、無二の親友だ。友情に厚く、身を挺して幾度《いくど》も第一王子を守り、視力を失った彼。

複雑な生《お》い立ちのせいで、どこか人を拒絶《きょぜつ》するようなラファイエットは、少々気難しい性格だし、そもそもが感情の揺《ゆ》れが少なかった。だが、たった一人の主《あるじ》だと決めたクリストフェルへの忠誠心は強く、わが身を捨ててでも守ろうとする姿は、一種の感動さえ覚えるほどだった。

その一方で、盲目的《もうもく》にクリストフェルに従うだけではない確固たる自我もあり、時折まるで兄のように彼を諭《さと》す姿にも感心した。前世一人っ子だったラビィにとって、兄のようであり、親友でもある彼が、なんだかとても特別な存在に思えたのだ。

人よりも優《すぐ》れた才能と容姿に驕《おご》ることなく、様々な困難にクリストフェルと共に立ち向かい、彼と共に成長する。その向上心が眩《まぶ》しかった。ラビィ自身が平々凡々《へいへいぼんぼん》とした人生を受け入れ、人と同じことを望むザ・日本人の典型のような人生を送っていたからかもしれない。

こういった人間になりたい、こんな人間だったらもっと違う人生を送れたかもしれない。本を読んで、その登場人物に憧れるなんて、初めての経験だった。

「推し」という言葉を知ったのも、このライトノベルでだった。男なのに、男を推すなんて少し恥ずかしくも思ったが、SNSでは意外に同志も多くいて、密かにグループトークをしていたほどだ。

そんな推しが、この世界に生きている。

建国五〇〇年の記念の年に第一王子のクリストフェルが三十歳で即位《そくい》するので、建国四八七年の今年は、王子と同年代の彼は十七歳になるはずだ。

同じ時代を生きているなら、今、この目で、生で見たい。

そんな強烈《きょうれつ》な願望に襲《おそ》われたものの、立ちふさがる大きな壁《かべ》があった。それは、彼が貴族で、自分が平民だということだ。

法の下で平等だった日本とは違い、この世界での貴族と平民の格差はとても大きい。言葉を交《か》わすなんて、大商人ならあり得ても、下町のパン屋の息子《むすこ》は絶対不可能だった。

この世界には当然テレビや雑誌はない。王族の絵姿は売られているが、実物と比べればまったく似ていないものだ。ましてや、公爵家《こうしゃくけ》の嫡子《ちゃくし》である彼の姿を知る術《すべ》は庶民《しょみん》の自分にはない。諦《あきら》めるしかない。同じ時代を生きているだけでも、幸せだと思うように。

そう考えながらも、どうにかしてとずっと考えていたそんな中、ラビィはとんでもない幸運を摑《つか》んだ。

「危ないですよっ」

その日、買い物で市場に向かっていたラビィは、大通りの前方を歩いている老人が目に入った。どう見ても上等なコートに身を包んでおり、手にしている杖《つえ》も高価そうだった。場違《ばちが》いな人物を見ている者は多く、その中にあまり良くない視線を感じたラビィは、その男が老人に近づくより早く駆《か》け寄ると、足元を心配するふりをして杖を持っていない方へ立った。

「スリが狙っているみたいです、気を付けてください」

小声で告げれば、白い髭《ひげ》を蓄《たくわ》えた優し気な老人が、少しだけ驚いたような顔をしてラビィを見下ろす。不審《ふしん》に思われたかもとすぐに離《はな》れようとしたが、次の瞬間《しゅんかん》老人は快活に笑った。

「ありがとう、気遣《きづか》ってもらえて助かったよ」

「は、はい、あの、どうも」

勢いで駆け寄ったので、その後こんな高貴そうな人物と会話を続ける想像はしておらず、ラビィは頭を下げてその場を立ち去った。

それで、終わったかと思っていたが、数日後、実家のパン屋に使いが現れた。

「主が、世話になった礼をしたいと」

「……は？」

両親はもちろん、ラビィも間抜《まぬ》けな顔をした。

どうやらあの時、ラビィはわからなかったが老人の周りには護衛たちがいて、あのスリのことも気づいていたらしい。ラビィのしたことは余計なお世話だったようだが、老人はその行動を勇気あるものと誉《ほ》め、直接言葉を伝えたいと言っているようだ。

――その老人が、セザール公爵家の前当主だったと知った時、ラビィは自身の幸運に眩暈《めまい》がしそうだった。どう考えても接点ができないであろう公爵家との関《かか》わりを、あんな些細《ささい》な出来事から手繰《たぐ》り寄せたのだ。

それは、記憶《きおく》を思い出してちょうど一年経《た》つかという時だった。

緊張《きんちょう》のまま、お城のような大きな屋敷《やしき》を訪《おとず》れたラビィは、そこで会いたくてたまらなかった推し、ラファイエットに会った。

「……お前か、お祖父《じい》様を助けたというのは」

「……」

「……」

「……おい」

しばらくの間、声を掛《か》けられてもそれに応《こた》える余裕《よゆう》はなかった。ラビィはただただそこにいる、現実の推しを目に焼き付けるのに忙《いそが》しかったからだ。

挿し絵でよく見た秀麗《しゅうれい》な容貌《ようぼう》の少年。

（……レアッ！）

もうじき十七歳になる彼は、そろそろ青年に差し掛かる危《あや》うい瑞々《みずみず》しさに、不似合いなほど鋭《するど》い眼差《まなざ》しをしていた。こちらを睨《にら》んではいるが、ラビィは内心密かにテンションを上げる。一番人気の第一王子ではなく彼を推していたのも、その性格はもちろんだが、絵師の秀麗なイラストもおおいに気に入っていたからだ。

確か二次創作でも彼の人気は高くて、いろんなIF作品やファンアートが出ていたと思う。しかし、ラビィは本編の彼が一番好ましく、そのセリフさえ覚えていた。

眼鏡を掛けていないその容貌は、知的というよりも少しばかり精悍《せいかん》な野性味さえ感じる。挿し絵よりもさらに麗《うるわ》しい貴重なその姿を、今この目で見ることができている。

「……」

ただただ、ラビィはラファイエットを見つめた。もうこんなことは二度とないのだ、彼の姿を目に焼き付けなければと瞬《まばた》きも惜《お》しんだ。ここに携帯電話《けいたいでんわ》やカメラがあれば……本当に、あの文明の利器を望む。

おそらく、ラファイエットからすると、町中で急に祖父に近づいたラビィを怪《あや》しんでの同席だろう。ほのめかすでもなく、はっきり言われれば当たり前で、確かに怪しいですねと同意すれば、変な目で見られてしまった。

「お祖父様」

「面白《おもしろ》く、気《き》概《がい》のある子だろう？」

「なぜ私を呼ばれたのですか」

「魔力《まりょく》の色がね、お前によく似ていたんだよ。静寂《せいじゃく》の闇《やみ》の色を持つ子なんて滅多《めった》にいないからね、お前にとって良い出会いになるかと思ったんだ」

（静寂の闇の色？　それって黒？　この世界の人だったら、縁起《えんぎ》が悪いと思わないのかな）

「セザール公爵家はもともと《目が良い者》が多い。ラファイエット、お前もね」

なぜかおかし気に笑っている老人の意図はまったくわからなかったが、ラビィは推しに会わせてくれたとても良い人だと脳内変換《へんかん》し、意味もなく何度もありがとうございますと礼を繰《く》り返した。

それから、思い出したかのように屋敷に呼ばれるようになった。

たった一度だけの幸運だと思っていたラビィは飛び上がって喜んだ。両親は高位貴族との関わりに恐《おそ》れを抱《いだ》いているようだ。もちろん、ラビィも恐れがないことはないが、それよりも推しであるラファイエットに会いたいという気持ちの方が上回った。

来年、彼は学院の最終学年になる。学生時代の彼を見られるのなら。貴族に対する恐れよりも己《おのれ》の欲求《よっきゅう》の方が勝《まさ》った。

そんなラビィの身勝手な願望は早々に打ち壊《こわ》された。ラファイエットが在宅している確率はとても低かったのだ。

考えれば彼は寮《りょう》生活だったたし、元々家族との関係が微妙《びみょう》な彼は公爵《こうしゃく》家に寄り付かなかったことを思い出して心底がっかりした。ただ、毎回話す先代の老人との話は思いがけなく面白く、そしてごくたまに同席してくれるラファイエットに会えることを楽しみに、ラビィは公爵家訪問を続けた。

「……」

「……」

今日はラッキーデーだ。どうやら祖父に会いに休みを利用して帰ってきたらしく、ラビィは久しぶりに見るラファイエットの姿に見惚《みと》れた。そんな自分にしばらく経ってはっと我に返り、慌《あわ》てて老人に謝罪するということを何度も繰り返していると、声を出して笑われてしまう。

「私の孫は、そんなにも見ていて楽しいかね？」

老人はそんなラビィを面白がって不敬だと咎《とが》めることもしないので、つい同じことをしてしまう。

なんとか落ち着いたラビィは、乞《こ》われて、店での話を主にする。売り上げや原価の話など、老人は何でも楽し気に聞いてくれるので、つい話が弾《はず》むこともあった。

しかし、今日の話題は意外なものだった。

「そういえば、十日後、祝賀パレードがあるね」

　その日、老人が珍《めず》しく初めからラファイエットを同席させた。たまには私の相手をしなさいと言っているが、ラファイエットは同席しているラビィの姿に少しだけ眉《まゆ》を寄せている。これが彼のデフォルトの表情なので、ラビィは密《ひそ》かに感動していた。

「はい。第一王子の成人の祝賀パレードです」

「……」

（そっか、クリストフェルの……確か、一年遅《おく》れになったんだっけ）

　本来、成人の儀《ぎ》は十六歳になる年の秋に行われる。特に王族は、結婚適齢期《けっこんてきれいき》だと諸外国にも公表する意味で、成人の儀は華《はな》やかに行われるのが常らしい。

　だが、第一王子、クリストフェルの成人の儀は、去年延期になってしまった。王妃《おうひ》の病のせいだということだが、さすがに貴族の中でもあからさまな嫌《いや》がらせに眉を顰《ひそ》める者も多いようだ。

　原作を読んだラビィは、それが王妃の仮病《けびよう》であることはもちろん知っていたので、さすがにないよなと思ったが、王も、それにクリストフェル本人も延期を受け入れた。王妃の母国との関係を鑑《かんが》みてだろうが、国民の中にはあからさまに不満の声を上げる者は多かった。それほど、第一王子の人気は絶大だったし、だからこそ王妃が嫌がらせをしたのだろうと、前世で社会人だった自分は大人の事情というものを苦く受け止めた覚えがある。

　その延期した成人の祝賀パレードが行われるのだ、友人の慶事《けいじ》にさぞかしラファイエットも嬉《うれ》しいだろうと、綻《ほころ》んでいるはずの顔を堪能《たんのう》しようとしたが、なぜかその眉根《まゆね》は顰められていた。

「お前も一緒《いっしょ》だと聞いたが？」

「……殿下《でんか》が是非《ぜひ》にとおっしゃるので。護衛として同席します」

「……服は新調したのかね？」

「……」

（祝賀パレードかぁ……あれ？）

なんとなく二人の会話を聞いていたラビィだったが、ラファイエットの顔を見ているうちにハッと思い出した。

（祝賀パレードでの暗殺未遂《みすい》事件！）

そう、本の中でも序盤《じょばん》の大きな事件がその時にあるのだ。

（え……ど、どうしよう……）

原作では、パレードに出ていた第一王子が、王妃が密かに放った刺客《しかく》に狙《ねら》われる。第一王子に怪我《けが》はないが、護衛騎士《きし》が矢で負傷するのだ。

国中が祝う慶事の中で起こった事件に、「第一王子が不吉《ふきつ》な星を持っているからだ」と、王妃の理不尽《りふじん》な言葉に原作を読んでいた時も眉を顰めたものだ。

（あれを皮切りに、王妃の排除《はいじょ》の手が露骨《ろこつ》になってきたんだっけ……）

同時に、ラファイエットの警戒《けいかい》もマックスになったはずだ。

「あ、あの」

「……」

「なんだ」

「……い、いえ」

（僕……何を言おうと……）

ラビィは慌てて作り笑いをしながら立ち上がった。

「今日は、あの、これで失礼します」

頭を下げ、そのまま部屋から退出する。その間も、余計な言葉を言わないように口を引き結んだ。

（何をしようとしたんだ……僕は……）

パレードで襲撃《しゅうげき》があるので気をつけてください。

そう言おうとした自分に動揺《どうよう》していた。そんなことを言えば、パレード自体は中止にならなくても、警備は厳重になってしまうかもしれない。魔力を感知する魔術師《まじゅつし》団が動員され、襲撃が未然に防がれたら。

「……ストーリーが変わる……」

原作を大切にしているラビィにとって、それは暴挙ともいえる行為《こうい》だ。

大好きなライトノベルの世界に生まれ変わり、推しと会えて、貴重な交流の場を持つこともできた。それ以上を、しかも原作の改変を望むつもりはまったくない。

(大丈夫《だいじょうぶ》、ラファイエットもクリストフェルも怪我はしないんだし、護衛騎士だって怪我で済むんだし……)

その怪我を未然に防ぐことができるかもしれない。

ラビィは心の奥底で小さく叫《さけ》ぶ声を無理やり打ち消した。


十日後、青空のもと、盛大な祝賀パレードが行われた。

沿道には多くの市民が出ていて、延期になった第一王子の成人を声高く祝った。

その人ごみの中にラビィはいた。家にいるつもりだったが、どうしても気になったのでギリギリになって見に来てしまったのだ。

馬に乗った護衛騎士に守られ、ゆっくりと馬車が近づいてくる。

襲撃は、広場の噴水《ふんすい》の前を通りかかった時にあるはずだ。ラビィは少し離《はな》れた場所からパレードではない方向に視線を向けていた。

(屋根の上から狙っていたはず……角度で言えば……あっち?)

この場面は挿《さ》し絵はなかった。アニメではそれぞれの人物のアップだったので、周りの光景がはっきりとわからない。それでも、馬車を狙う角度で見ていると、屋根の上に何か黒い影《かげ》のようなものが見えた。

「！」

意識して見れば、それが人影だと確認《かくにん》できた。馬車を見ている人々は当然、護衛騎士たちも人ごみに意識を向けているので誰《だれ》もその存在に気づいていない——ラビィ以外は。

「……どうする……どう……」

王と側妃《そくひ》が乗った馬車が前を通り、歓声《かんせい》が起こる。その後ろに、今日の主役である第一王子クリストフェルと、ラファイエットが乗った馬車がやってきた。

人気の美貌《びぼう》の王子の登場に、女性たちの甲高《かんだか》い歓声が響《ひび》き、その場の空気も一気に高揚《こうよう》する。

（どうしよう……っ）

焦《あせ》りと共に、身体《からだ》の中の熱がグルグル回り始める。それが魔力だと自覚することもできず、ますます熱が上がる気がした。

その時、興奮した群衆が動き、呆然《ぼうぜん》と立っていたラビィの身体が押し出される。

「わぁっ！」

バシャンッ
大きな水音をたてて、ラビィの身体が噴水の中に落ちる。さすがに騒《さわ》がしくなったせいか、護衛騎士の視線がこちらに向いた。いや、騎士だけではなく、馬車に乗っている二人もこちらを見た。

ラファイエットと、目が、合った。

次の瞬間《しゅんかん》、

「危ないっ」

思わず叫んでしまったが、その声は歓声に紛《まぎ》れてしまった——はずだった。

しかし、まるでその声が届いたかのように、咄嗟《とっさ》にラファイエットがクリストフェルを自身のマントの中に抱《だ》き込み、そのままこちらの方に向かって右手を高々と上げる。その指先から光が放たれたのを見た者は何人いるだろうか。

「きゃあ！」

興奮した女性たちの声。すると、直《す》ぐにラファイエットはマントをひらりと開き、苦笑《くしょう》したクリストフェルの姿が現れる。二人の馬車の周りはキラキラと、まるで光の雨のように光っていた。

(あれって……光魔法《まほう》、と……水？)

水蒸気に光を乗せたような感じ……滝《たき》の近くに虹《にじ》が出来るようなものだろうか。繊細《せんさい》な魔力の使い方に感心していると、女性たちは口々に二人の名前を叫び出す。

これはもう、アイドルみたいなものだ。

しかし、その声でようやく我に返ったラビィは、先ほどの影がいた辺りに視線を向けた。そここには誰もおらず、そこで初めて、先ほどの光が襲撃者を撃退《げきたい》する攻撃《こうげき》だったのだと知った。

それにしてもと、ラビィは原作を思い浮《う》かべる。

原作では怪我人が出てしまった事件だが、今回偶然《ぐうぜん》とはいえラビィが騒いだせいで、ラファイエットが襲撃者に気づいて未然に防いだ。今、パレードは何事もなく進んでいる。

(原作では、あの事件の後クリストフェルに対する悪い噂《うわさ》が広がったんだっけ)

本来なら襲撃犯に向かうべき非難が、被害者《ひがい》の第一王子に向かうのはよく考えればおかしな話だ。

眉目秀麗《びもくしゅうれい》、文武両道の第一王子を疎《うと》ましく思う王妃の策略。それでクリストフェルの人気が落ちるということはなかったものの、貴族の間では明らかに腫《は》れ物のような存在になってしまったのだが。

「……え、これ、ストーリー変わった……?」

呟《つぶや》いて、その可能性にフルリと身体が震《ふる》えた。これは水に濡《ぬ》れた寒さのせいだけではないだろう。

目が合ったのは気のせいだと思うことにした。

そう思わなければ、どうしようもない不安に押しつぶされそうだったからだ。

だが、願いも虚《むな》しく、数日後ラビィの家にセザール公爵《こうしゃく》家の使いがやってきた。

いつもの先代の呼び出しではなく、ラファイエットの命だと聞き、嬉《うれ》しさよりも逃《に》げ出したいと思ったのはしかたがないだろう。

「聞きたいことはいくつかあるが……魔力操作はできるのか？」

「……」

対面したラファイエットは、何の前置きもなくそう切り出した。

どうやらあの時、ラファイエットが危ないと思った焦りと恐怖《きょうふ》で急激に膨《ふく》れ上がった魔力の気配を感じて、彼はラビィのいた噴水の方角へ視線を向けたらしい。

「あ、あの……」

魔力を感知できるということがピンとこないラビィは、どう反応していいのかわからない。

「教会で魔力は測ったのか？」

貴族とは違《ちが》い、平民で魔力持ちは数が少ない。しかし、稀《まれ》にその中に高魔力の者がいるのも確かで、そのため魔力がある者は皆《みな》教会で魔力量を測り、高魔力の者は学院に進んでその扱《あつか》い方を学ぶようにとされていた。

そういえば、以前ラファイエットの祖父に魔力の色がどうのとか言われたことを思い出した。

ここで誤魔化《ごまか》すことはできず、そもそも推しであるラファイエットに嘘《うそ》はつきたくないので、結果的に口を閉ざして俯《うつむ》くしかなかった。

「……」

しばらくの沈黙《ちんもく》の後、ラファイエットが言った。

「我がセザール公爵家がお前を後見する。その魔力を磨《みが》き、公爵家に利を返すように」

「え？」

「正確には、先代のお祖父《じい》様が後見だ。お祖父様はお前を気に入っているからな」

「で、でも」

「異論があるならお祖父様に言え。ああ、学院には高等部から編入だ。入学までの間、最低限の学力と礼儀《れいぎ》作法を身につけるように、我が家で家庭教師に習え」

「ま、待ってください、僕は仕事があって……っ」

「両親には私が説明する。このまま行くぞ」

「えぇっ？」

「……お祖父様の目は良い。私も、その決定を支持する」

急激な話の展開に、ラビィはただただ驚《おどろ》くことしかできなかった。

「……」

「……ふぅ」

この一年での濃密《のうみつ》な時間を思い返し、ラビィは深い息をついた。

（あの時の父さん、死にそうな顔してたっけ）

下町のパン屋に貴族の馬車が横付けし、どう見ても生まれも育ちも違う高貴な青年が店の中に足を踏《ふ》み入れた時、父は倒《たお》れるのではないかと思うくらい真っ白な顔をしていた。

それからは怒涛《どとう》の時間だった。

もともと、公爵家に時々呼ばれて行っていた息子《むすこ》のことを、父もこのままパン屋を継《つ》がせていいものかと思っていたらしい。魔力もあることだし、学院に通わせるべきではないかと、母と相談していたと聞いて、ラビィは申し訳なくてたまらなかった。

ラビィ自身、パン屋の仕事は好きだった。前世でも手先が器用で、休日には自炊《じすい》をしたり、スイーツを自分で作ったりもしていた。

客も近所の顔見知りが多く、気の良い友人たちと共に歳《とし》をとるのも悪くないと思っていた。時々、推しであるラファイエットを見ることができたなら――。

そこまで考えて軽く首を振《ふ》る。

本当は、ここまでラファイエットに関《かか》わるつもりはなかった。大好きで読み込んだ原作の、初めて推しという存在を見つけたその世界に生まれたという興奮で、ぜひ彼に会いたいと望んでしまった。

そこから、なぜかあれよあれよという間に言葉を交《か》わすようにもなり、今などこうして同じ

（……考えてみたら、学生時代のラファイエットを間近で見られるチャンスかも）

学院に通うことになった。

「……」

じっと壇上《だんじょう》のラファイエットを見つめていると、どこに座っているのか知らないはずの彼がこちらを見ていた。

慌《あわ》てて顔を伏《ふ》せたが、彼がじっとこちらを見ているのを感じる。

（大丈夫《だいじょうぶ》です、目立つことはしないし、絶対に近づきませんからっ）

公爵家の嫡男《ちゃくなん》が、平民と知り合いだなんて知られたら傷になりかねない。

彼の価値を下げないために、そのうえで、自分の欲望を叶《かな》えるために、ラビィは密かにラファイエットを見守ることを決意する。

そこまで考えて、ラビィは首を傾《かし》げた。前世の自分はもう少し思慮《しりょ》深く、どちらかといえば目立つことが嫌《きら》いだったはずだ。

（……今の生に引きずられてるのかな）

明るく、優《やさ》しい両親に、陽気な兄、そして友人たちの存在が、ラビィとしての新しい人格を作っているのかもしれない。

「では諸君、良い学院生活を」

クリストフェルの言葉に、新入生が一斉《いっせい》に立ち上がり、深い礼をする。

思いがけない学院生活が今日から始まるのだ。

第二検証　第二王子の生態と魔力《まりょく》について

ファース王国には、側妃《そくひ》が生んだ第一王子と、正妃《せいひ》である王妃が生んだ第二王子がいる。

現状、王位継承《けいしょう》権は二人の王子にあるが、成績も魔力量も剣《けん》の腕前《うでまえ》も優秀《ゆうしゅう》で、さらに人望もある第一王子を次期王に推す者は多い。

しかし、嫁《とつ》いできた隣国《りんごく》の王女だった王妃はそれを不服に思い、我が子である第二王子に王位を継がせたいと裏で画策して、第一王子は幼いころから様々な危ない目に遭遇《そうぐう》していた。中には、命に関わるようなこともしており、さすがに王妃の強い嫉妬《しっと》心を憂《うれ》いた王が、第一王子の守りを固め、その中の一人であるセザール公爵家嫡男のラファイエットは、親友としても固い友情を築いている。


「……うん、やっぱり男の友情はいいなぁ」

教室の真ん中の一番後ろの席で思わず呟《つぶや》いたラビィは、ハッとして慌てて周りを見回した。

幸い、近くに人はおらず……いや、教室の中には誰《だれ》もいない。

ラビィは深い安堵《あんど》の息を漏《も》らす。

「……はぁ、気を遣《つか》う……」

べっとりと机に上半身を預けて泣き言を言うのくらいは許してほしい。

「なんでだよ……なんでオクタヴィアンと同じクラスなんだよ……」

一週間前の入学式の後にクラス分けが発表された。今年の高等部進学生は五十三人。編入生は七人。合計六十人が十五人ずつ四クラスに分けられた。

平民はラビィを含《ふく》めて六人。当然、一番ランクが下であろうDクラスになると思っていたのに、なぜか第二王子であるオクタヴィアンと高位貴族が揃《そろ》っているAクラスになっていたのだ。

ここまで転生物のテンプレ展開にならなくてもと半泣きになった。当然のようにラビィ以外の平民は皆《みな》Dクラスで、休憩《きゅうけい》時間に話す相手も、移動教室で一緒《いっしょ》に行く相手もいないと絶望したが、孤立無援《こりつむえん》のAクラスの中に唯一《ゆいいつ》のオアシスがすぐ側《そば》にいた。

「ラ、ラビィ、何してるんだ？」

「すみません、アップル様。少し寝不足《ねぶそく》気味で……」

「そ、そう。では、次の授業があるから」

「はい」

ラビィはすぐに立ち上がった。

「待たせてしまってすみません」

「……いや」

たまたま隣《となり》の席だった男爵《だんしやく》家の長男、ベンジャミン・アップル。彼もまたこのクラスでは浮《う》いた存在だったが、どうやらがり勉タイプで勉強はかなりできるらしい。

目立つことを嫌い、第二王子がいるこのクラスになったことを嘆《なげ》いている言葉を聞いてしまったラビィは、ぜひこの少年と友達になろうと決めた。

茶髪《ちゃぱつ》に茶色い瞳《ひとみ》、小柄《こがら》で細身の目立たない容姿の彼はクラスの中でも埋没《まいぼつ》する存在だった。その個性を武器に、学院内の情報をいち早く聞き取り、すべての問題を避《さ》ける彼の処世術は感心するほど見事なのだ。

平民の自分が声を掛《か》けても大丈夫だろうかと初めは心配したが、下級貴族の彼の意識はどちらかというと平民寄りのようだった。声を掛けた時も最初こそ眉《まゆ》を顰《ひそ》められたが、今では唯一行動を共にする大切な存在だ。

「……ラビィは、魔力操作は得意なのか?」

廊下《ろうか》を歩きながら問われ、ラビィは即座《そくざ》に首を左右に振った。

「苦手です」

十二歳の時に初めて魔力を使って以来、ラビィなりに努力はしてきた。ただ、周りには魔力を使う者が一人もいなかったので教わることができなかったし、そもそも魔力がない世界で生きた記憶《きおく》があるせいか、どうも魔力そのものがわかっていない状態だ。

学院に入学するため、公爵家《こうしゃく》で数回個人授業をしてもらったが、主に貴族に対する接し方や行儀《ぎょうぎ》などを習ったので、魔力《まりょく》のことはさっぱりだ。

「アップル様はいかがですか？」

「……私は、土魔法だから……地味で目立たない」

「そうなんですか？」

口調から、あまり得意ではないように思える。

それ以上深掘《ふかぼ》りしない方がいいだろうと思いながら歩いていると、前方に数人の集団が見えた。

ベンジャミンも気づいたのだろう、一瞬《いっしゅん》だけ歩みが遅《おそ》くなったが、直《す》ぐに先ほどよりも早く歩き始めた。

近づくラビィたちを見たその中の一人が、早速声を掛けてくる。

「平民の世話、ご苦労だな、ベンジャミン」

「……」

ベンジャミンは何も言わず、深く頭を下げるだけだ。相手が高位貴族の子息だからか、許可がない限り目下の人間から声を掛けることはできないらしい。

だが、入学式で聞いた話では、学院内は身分の優劣《ゆうれつ》はなく、学生は平等の立場として過ごすようにと言っていた。

（ここも、異世界学校あるある……）

実際に通う身としては溜《た》め息が漏れるが、元々目立ちたくないラビィは積極的に貴族と関《かか》わるつもりはまったくない。

「平民」

一同の中、二番目に高位の公爵家三男が居丈高《いたけだか》に言った。

「お前が第二王子殿下《でんか》と同じ空間にいることは許しがたい。けして王子殿下の視界に入らないように」

「……」

ラビィは頭を下げて恭順《きょうじゅん》を示す。

（言われなくても、こっちからは近づきません）

下げた視界の先で、いくつもの靴《くつ》が離《はな》れていくのが見えた。頭上ではあからさまな嘲笑《ちょうしょう》の気配がしたが、離れていくまでしっかりと頭を下げ続けるのがコツだ。ああいった身分至上主義な者には変に反発しない方がいい。馬鹿《ばか》にされても、前世でのサラリーマン生活に比べれば、幼い子供の囀《さえず》りだ。

「……行ったぞ」

しばらくしてベンジャミンが声を掛けてくれた。

「ありがとうございます、アップル様」

頭を上げると、ベンジャミンが複雑な顔をしてこちらを見ている。まるで自分の方が誹《そし》りを受けたような様子に、内心ほっこりした。周りの評価では臆病《おくびょう》で、事なかれ主義だと言われているようだが、なんだかんだとラビィを気にかけてくれるのが嬉《うれ》しい。

（それにしても、第二王子の声……聞かないな）

先ほどの集団の中心にいたのは、今年高等部に進学した第二王子オクタヴィアンだ。一番高位の存在なので新入生代表として挨拶《あいさつ》するものと思っていたが、壇上《だんじょう》に上がったのは先ほどの公爵家三男だった。

クラスが一緒になってからも、彼の声を一度として聞いていない。「王子殿下はこうおっしゃっている」と周りが代弁するだけで、本人はただ後ろに控《ひか》えているだけだった。

王族が平民に言葉を掛けるようなことは滅多《めった》にないのは理解できるが、授業中の教師の質問にもいっさい答えないというのは――。

（原作では、もう少し我が儘《まま》王子だったような気がするんだけど……）

『ファース王国物語』の中でのオクタヴィアンは、幼いころからずっと王妃《おうひ》の悪意に晒《さら》され、歪《いびつ》な性格になり、異母兄《いぼけい》である第一王子を恨《うら》んでいた。自分こそが次期王になるんだと、事あるごとに張り合って、その度《たび》に異母兄の優秀《ゆうしゅう》さに打ち負かされていた。

性懲《しょうこ》りもなく何度も張り合う姿と、母である王妃への深い思慕《しぼ》。それが良いと、ファンの間では《健気《けなげ》な悪役》と言われていた。

小柄な痩軀《そうく》、白銀の髪《かみ》に、深い紫《むらさき》の瞳。一見して薄幸《はっこう》の美少年だが、取り巻きの傲慢《ごうまん》な行動で、彼自身もいつしか近寄りがたい存在となっている。

原作では、高等部に進学する頃《ころ》は既《すで》に捻《ひね》くれまくっていたはずだ。

原作と少し違《ちが》うように見えるオクタヴィアン。本当はもう少し近くで観察したいが、さすがに近づくリスクを考えると、こうして遠くから見ているのが得策だろう。

今日の授業では、魔力《まりょく》操作の基本を勉強するらしい。

普通《ふつう》、魔力が顕在《けんざい》するのは十歳前後で、遅くとも成人するまでに感じなければ、魔力がないとされる。

貴族は魔力を扱《あつか》えるようになるとすぐに個人教師をつけるが、資金に余裕《よゆう》がない下位の貴族や平民は、この高等部で魔力の扱いを学ぶのだ。

ベンジャミンは数回、教師をつけてもらって最低限の扱いはできると聞いた。すると、このクラスで魔力操作がまったくできないのはラビィだけということになる。

（集中砲火《ほうか》浴びそう……）

平民の為《ため》に貴重な時間を無駄《むだ》にするなと抗議《こうぎ》が出そうだ。

魔力があるなら使ってみたいと思いはするものの、ラビィはそこまで熱心ではなかった。魔力が無くても平民は普通に生活できている、それが答えだ。

とはいえ、内心ではやはり楽しみだ。原作ではこんな場面はなかったので、何だか秘密のストーリーを垣間見《かいまみ》する気分になる。

ベンジャミンと授業場所である校舎裏の林の向こうにある競技場まで行くと、次第《しだい》にざわめきが大きくなってきた。一年生全員なので、結構な人数がいる。

「……え？」

そんな一年生が大きく輪を作るように固まっている場所があった。一段と熱量が高いそこを見たラビィは小さく声を上げる。

「……ああ、やはり第一王子殿下とセザール様がいらしたんだな」

輪の中に、背が高い二人の姿があった。まだ幼さの残る一年生と比べると、大人と見間違《みまちが》うばかりの佇《たたず》まいの二人。まさかそこにラファイエットがいると思わなかったラビィは、当然のように呟《つぶや》くベンジャミンに詰《つ》め寄った。

「ど、どういうことですかっ？　どうしてここにラファイエットがいるんですかっ？」

「……ラビィ、セザール様をファーストネームで呼ばないように。それも、敬称《けいしょう》もなしに……罰《ばっ》を受けるかもしれないぞ」

「あ、す、すみません」

「気をつけろよ」

つい興奮してしまったが、気をつけなければ不敬罪に問われかねない。それを注意してくれたベンジャミンに感謝するものの、先ほどの質問に答えてもらわなくては。

「で、どうしてあのお二人がここに？」

「魔力操作は、それに長《た》けている者が誘導《ゆうどう》するというのが一番わかりやすい指導方法だからだ。学院では、一年生は魔力が落ち着いている三年生が指導するのが代々の習わしだと聞いているぞ」

「うそ……」

（いや、ラッキーなんだけど、でも、え……）

ラビィは焦《あせ》った。思いがけなく制服姿の貴重なラファイエットを見ることができたのは嬉しいが、あんまり関わってしまうと自分まで目立ってしまう。

ラビィが学院に編入したのは、平民だが魔力が顕在したからという理由が表向きだが、その後見にセザール公爵家がついていることはほとんど知られていないはずだ。学院の人気二大勢力の一人であるラファイエットと個人的な繋《つな》がりがあることは、この先の平和な学院生活を考えると絶対に知られるわけにはいかなかった。

「どうしたんだ？」

目まぐるしく考えている間、ラビィは無口になって蒼《あお》い顔をしていたらしい。

「……その、罰というのは言い過ぎかもしれないけど……」

そして、その原因が己《おのれ》の言葉にあると思ったらしいベンジャミンが、口ごもりながら言葉を言い返そうとしていると知った。

その気遣《きづか》いに、ラビィも努めて笑《え》みを浮《う》かべる。

「大丈夫《だいじょうぶ》です、僕、絶対にあのお二人には近づきませんからっ」

ラビィが言わなくても、人気のある二人の取り合いは激化するに違いない。そこに割り込むつもりのないラビィは願いも込めてそう言った。

――言ったはずなのに。

「Aクラス、ラビィ」

「！」

家名ではなく、単なる名前を告げたラファイエットに、整列した一年生たちは騒《ざわ》めき、Aクラスの者に至っては突《つ》き刺《さ》さるような視線を向けてきた。

名前を呼ばれたラビィも、血の気が引くとはこのことだと今実感している。

固まってしまった足を動かせないでいると、なんとラファイエットの方から近づいてきた。

そればかりではない、その後ろからクリストフェルまでついてくる。

（ま、待って……）

まるでモーゼのように人波が割れ、クラスの一番後ろに並んでいたラビィまでの道が自然にできてしまっていた。前に立っていたベンジャミンまでそっと移動しようとするのを、その服の裾《すそ》を咄嗟《とっさ》に掴《つか》んで引き留め、ラビィはただ二人が近づいてくるのを見ていることしかできない。

本来、こんなにも近くで推しを見ることができるなんてラッキーと喜びたいところなのに、これだけ大勢の中で目立つことは絶対にしたくない。

しかし、そんな必死の願いも虚《むな》しく、学院の有名人はラビィの前に立ってしまった。

「ラビィ、魔力操作はできるか？」

「で……でき……」

できると言ってしまえば、ラファイエットは違う学生を選ぶかもしれない。それでも。

「……でき、ません」

ラファイエットにその場凌《ばしの》ぎの嘘《うそ》は言えなかった。

おずおずと顔を上げると、少し目元を撓《たわ》めた彼がいる。秀麗《しゅうれい》ではあるものの、あまり表情がないラファイエット。目の前の表情はとても柔《やわ》らかいもので、ラビィの心臓は一気に鼓動《こどう》を速くする。

こんな彼の表情は挿《さ》し絵にもなかったものだ。

（……レアッ）

叫《さけ》びたい衝動《しょうどう》を必死で抑《おさ》えているラビィをよそに、ラファイエットは淡々《たんたん》と話を進めていく。

「では、あちらで指導を始めよう」

だが、ラファイエットの前方を塞《ふさ》ぐ者がいた。

「お待ちください、セザール様。なぜあなたが平民を指導されるのですか？　優秀なあなたの指導を待つものは大勢おります、ぜひそちらをお選びください」

堂々と告げたのはあの公爵家《こうしやく》三男だ。その言葉は提案というよりも当然のことのようで、ラファイエットも頷《うなず》いてくれるものだと確信しているような顔だった。

周りも、言葉にはしないものの、公爵家三男の方が正しいと思っているのは丸わかりだ。ラファイエットほどの優秀な人間が、平民などに直接指導することはないと思っているのだろう。

それはラビィも同意見なので、まったく反論するつもりはなかった。気遣ってくれるラファイエットの気持ちは嬉《うれ》しいが、教師に教わるのが一番平和な解決だ。

しかも、彼の後ろには第二王子のオクタヴィアンがいる。これではオクタヴィアンを選ばないという選択《せんたく》はない。

完全アウェイな空気の中、ラファイエットはゆっくり辺りを見回す。その視線が動くだけで、周囲は静まり返った。

「魔力操作の基本は貴族ならば既に習得しているはずだ。ならば不慣れな平民に有能な者が付くのは当然だろう」

ざわっと、空気が揺《ゆ》れた気がする。ここでさらに異論を告げれば、貴族なのに基本を習得していないと言っているのと同然だからだ。

頭の良いラファイエットらしい切り返しだと惚《ほ》れ惚れしたが、気がついた時にはラファイエットとクリストフェルという、豪華《ごうか》すぎる指導者に教わる立場になっていた。


集団から離《はな》れたものの、視線は常に付きまとっている。

「……ラビィ、私までこっちにいるのは……」

「一緒《いっしょ》にいてください、アップル様」

いかにも逃《に》げたそうなベンジャミンの服を必死に掴んでいると、背後からぷっと吹《ふ》き出す声がした。目の前にはラファイエットがいる。そして後ろには——。

「仲が良いね、君たち」

恐《おそ》る恐る振《ふ》り向いた先では、第一王子クリストフェルが艶《あで》やかな笑みを浮かべていた。それは普段《ふだん》彼が常に浮かべている表向きの微笑《びしょう》ではない、少し崩《くず》れた魅力《みりょく》的な笑みだ。

とっさに頭を下げると、隣《となり》にいるベンジャミンも同じように礼をしている。王族を無神経に見つめてしまったと、不敬にならなければいいのだが。

「顔を上げて。私達は同じ学院の生徒だ」

（いやいやいや）

とても同じではないが、第一王子が言ったのならばそれに従うしかない。

心持ち目線を下げたまま、それでも顔を上げたラビィに、クリストフェルは笑みを深めた。

「あの、私にしか興味がないライが気にかけている子がどんな子か、とても興味があったんだよ。会えて光栄だ」

最初の方が小声で、緊張《きんちょう》しているラビィには聞き取れなかったが、

「言い方が不適切だ」

即座《そくざ》に眉《まゆ》を顰《ひそ》めたラファイエットの訂正《ていせい》が入る。

「お前は弟を見に来たんじゃないのか？」

「ふふ、意地悪だね、ライは。私は話しかけたいけど、周りの壁《かべ》は結構厚い」

第一王子と公爵家嫡男《ちゃくなん》。友人とはいえ、明らかな家格の違《ちが》いがあるのに、この二人の会話はテンポ良く軽快で、本当に気心が知れた仲だというのがわかる。

原作でも、二人の熱い友情はいろんな方面で好感度が高かった。

そればかりか、《ライ》という愛称《あいしょう》呼びまで生で聞けた。

（原作を読んだ時とは比べ物にならない……）

セリフ……言葉は同じでも、交《か》わす視線や、空気の温度感など、実際に見なければ感じないものが目の前にある。

（他《ほか》のファンの方、ごめんなさいっ）

自分だけがとても美味《おい》しい思いをしていることが申し訳ない。

「……ビィ、ラビィ」

「は、はいっ」

少しだけ意識が飛んでしまっていたようだ。隣では「お前図太いな」とベンジャミンが呟《つぶや》いているし、クリストフェルも笑みを深くしていた。

「魔力《まりょく》操作の基本はできていないんだな？」

改めて問われ、ラビィはコホンと呼吸を整えて頷いた。

「はい。魔力というものは、なんとなくしかわかりません」

「……なんとなく……」

そうとしか言いようがない。

あまりにも無知過ぎて申し訳なく、そっと視線を逸《そ》らしたラビィは、じっとこちらを見ている視線の一つと目が合ってしまった。

（オクタヴィアン？）

多くの嫉妬《しっと》を含《ふく》んだ視線とは異なる、何かもの言いたげな紫《むらさき》の瞳《ひとみ》。それだけで何か言っていそうな気がした。

彼の周りには取り巻きもたくさんいて、上級生らしい数人もしきりに何か話しかけている。

だが、見ている限り彼はそれらをいっさい無視していた。それは王族らしい傲慢《ごうまん》な態度といえばそうかもしれないが、先ほど見た揺れる紫の瞳が脳裏《のうり》に焼き付いて離れない。

「どうした？」

そんなラビィの様子に気づいたラファイエットが、視線の先に目をやって眉間《みけん》に皺《しわ》を作った。

「……第二王子殿下《でんか》と親しくなりたいのか？」

「いいえっ、思ってもいませんっ」

反射的に答えたのは、それがまったく見当違《けんとうちが》いだったからだ。ただ、ラビィにとっては当然の返事でも、その場にいた三人にとっては意外な反応だったらしい。

「お、お前……もう少し言葉を飾《かざ》って……」

王族に不敬だぞと小声で言うベンジャミンに、素《す》で目を丸くするクリストフェル。そして、さらに眉間の皺を深くしたラファイエットに淡々と告げられた。

「うちでの勉強は役に立っていないようだな」

「す、すみません」

「まあまあ、ライ。この子はアンのことを気にしてくれたんだよ。兄として礼を言うよ、ありがとう」

勿体《もったい》なくも第一王子からの謝意に、ラビィは改めて自分の失態を後悔《こうかい》する。きっと周りでは第一王子に頭を下げさせたと、ラビィは悪い意味で注目の的になっただろう。

これ以上深みに嵌《は》まる前に穏便《おんびん》に魔力の基礎《きそ》を教わろうと思ったが、

「少し待っていて」

と、断りを入れたクリストフェルがオクタヴィアンがいる方へ足を向けると、

「あ」

その細い腕《うで》を摑《つか》んでこちらに連れてきてしまった。

「おい」

「二人も三人も一緒だろう？」

クリストフェルの行動に文句を言おうとしたラファイエットが、なぜか急に深い息をついてラビィに向き直る。

「あ、あの」

「こいつの行動はいつでも唐突《とうとつ》だ。第二王子殿下の面倒《めんどう》はこいつが見るだろう、ほら、姿勢を正せ」

どうやら、ラファイエットは黙認《もくにん》するらしい。そうでなくても敵対していると周知されている二人の王子が一緒にいることで、更《さら》なる憶測《おくそく》が学院内、いや、王都内でも渦巻《うずま》くに違いないだろうが、それらをすべてクリストフェルに丸投げするようだ。

（い、いいのかな？）

自分の行動が原因でそうなってしまったと、ラビィは二人のことが気になってしかたがない。

つい視線を向けてしまうが、突然《とつぜん》ラファイエットの大きな手で両手を掴まれてしまい、ラビィの意識は一気に目の前のラファイエットに向かった。

「！」

「わかるか？」

「え？　あ、あの、大きくて、い、意外に硬《かた》いです。あ、剣《けん》ダコ？　わ、レア過ぎるっ」

こうしてみると、自分の手がまるで子供のように見える。手の大きさや剣ダコなんて、当然ながら挿《さ》し絵には描《か》かれていなかった。また新たなラファイエットを知ることができて、ラビィの顔はだらしなく緩《ゆる》んでしまう。

「……違う、魔力だ」

「は？」

何のことだろうと目を瞬《またた》かせると、今ラファイエットは握《にぎ》った手から魔力を流し込んでいるらしい。魔力を「なんとなく」しかわからないラビィに、実地にその感覚を教えてくれたようだ。

「……それだ」

まったくの勘違《かんちが》いで答えてしまった自分に、羞恥《しゅうち》で身体《からだ》が熱くなった。

「え？　それ？」

「身体の中に熱が渦巻いているだろう？　……ここに」

そう言って、ラファイエットは握っていた手を解くと、今度は腹と背中を挟《はさ》むように両手を押し当ててきた。

「！」

「ここに、熱の塊《かたまり》を感じないか？」

言葉と共に、下腹の方からジワリとした熱が広がってくる。

「……んぁっ」

「……っ」

変な声が出てしまった。両手で口を押さえたラビィと、さっと身体から手を離《はな》したラファイエットの動きはほぼ同時で、彼と目が合ったラビィは無意識に数歩後ずさっていた。

「……すまない」

「い、いえ、申し訳ありません、僕、何か、変な……っ」

ラファイエットの行為《こうい》を勘違いしてしまった自分が全部悪い。そのうえ、こんな変な声を聞かせてしまったなんて、穴があったら入りたいくらい恥《は》ずかしかった。

（お腹《なか》の、この熱が魔力なんて……知らなかった……）

いや、読んでいたライトノベルの中にそんな記述があったような気がしないでもないが、初めて感じたラファイエットの大きな手の感触《かんしょく》と慣れない熱に、動揺《どうよう》してしまったのは許してほしい。

居たたまれないラビィはその場から逃《に》げ出したいが、王子二人と、何よりラファイエットの前でそんなことはできない。

「……なるほど」

なぜか意味深にクリストフェルが頷《うなず》いている。その理由を問いただしたいが怖《こわ》くてとても言い出せなかった。

魔力《まりょく》が身体の中の熱というのは、恥ずかしさを代償《だいしょう》としてラビィも自覚した。

この熱を上手に体中に循環《じゅんかん》し、放出すれば魔法として使えるようだ。

「どの属性が強いかは、魔力の循環が滞《とどこお》りなく身体を巡《めぐ》るようになってからははっきりわかるんだが……火魔法を使ったことがあると言っていたな？」

「は、はい、森で魔獣《まじゅう》と鉢合《はちあ》わせた時に、その……ビームみたいのが出て……」

「びーむ？　何だ、それは？」

この世界には《ビーム》という言葉はないらしい。一直線の光と説明してみても、よくわからないというような顔をされた。

「あ、あの、祝賀パレードの時、ラファ、セザール様の指先からビームが……」

「パレードの……あの時か」

ラファイエットもその時のことを思い浮《う》かべているのか、自身の指先を見下ろしている。骨ばった長い指先は妙《みょう》に色っぽく、ラビィはまたドキリとしてしまった。

「あれをびーむと言うのか？」

「あ、えっと、僕が勝手にそう名前をつけたっていうか……」

視線を彷徨《さまよ》わせるラビィに思うところがあったのか、ラファイエットはそれ以上深く聞いてこなかった。

そのことに安堵《あんど》したラビィの耳に、クリストフェルの声が聞こえてくる。

「アンは魔力の扱《あつか》いが上手だと聞いていたけど」

「……」

「確か、水の魔力が強かったかな？」

穏《おだ》やかに話しかけるクリストフェルに、オクタヴィアンが答える声は聞こえない。しかし、ちらりと見たオクタヴィアンの表情はどこか頼《たよ》りなく、怯《おび》えているように見えた。反抗《はんこう》して無言を貫《つらぬ》いているわけではないようだ。

(原作では、この時はもう二人の仲は最悪に近かったはずだけど……)

比較的異母弟《ひかくてきいぼてい》に好意的な第一王子とは違《ちが》い、卑屈《ひくつ》の塊になっていた第二王子。クリストフェルが何を言っても悉く《ことごと》反抗して、駄目《だめ》だこの弟はと思っていたものだ。

そんな原作とは少し違う雰囲気《ふんいき》に、何か変わったことがあっただろうかと考えた。平民のラビィに届く噂《うわさ》などごく僅《わず》かで、思い当たることは何も──。

（もしかして……祝賀パレード？）

原作では、クリストフェル襲撃《しゅうげき》があり、護衛騎士《きし》が負傷してしまった出来事。しかし、今回パレードはすべて滞りなく終わり、国中が第一王子の成人を祝った。

もともと、市中でのクリストフェルの人気は高かったが、それ以降いっそう熱が上がったように見える。学院に入学してそれほど経《た》っていないが、彼に関《かか》わる噂はすべて良いものばかりで、不穏《ふおん》なことといえば第二王子との関係くらいだ。

原作ではどうだっただろうかと思い返し、この時期少なからずクリストフェルの悪い噂が流れていたことを思い出した。それが一切《いっさい》感じられないのは、やはり祝賀パレードの成功からではないだろうか。

不意に、ラビィは背筋が寒くなった。

あの時の自分の存在が、本来のストーリーとは別の方向へ物語を進めてしまったのではないかと怖くなったのだ。

「ラビィ、びーむとやらを出してみてくれ。実際にこの目で見てみたい」

「い、今ですか？」

いろんな思いがグルグルと渦巻《うずま》いているこんな状況《じょうきょう》で、きちんとビームを撃《う》てるかなんて自信がない。そもそもあの時は本当に死ぬかと思っていたので、ギリギリの状況での力の発露《はつろ》といった感じだった。

それでも、ラファイエットに望まれたら全力で応《こた》えたい。

ラビィは頭の中のもやもやを一振《ひとふ》りで払《はら》い、ふぅっと大きく息を吐《は》いた。

先ほど、初めて感じた自分の中の魔力の存在。それを指先に集中し、ビーム……おそらく、火魔法と言われるものを放つ。

（マッチの火みたいにしょぼいのは絶対避《さ》けたい……。ロウソク……も、小さいよな。せめてガスバーナーくらいの威力《いりょく》で……）

前世、テレビ番組で見た工場のガスバーナーを思い浮かべる。赤い炎《ほのお》というより、青い光の棒のような――。

「ひぁっ？」

いきなり、指先から激しい炎が現れた。驚《おどろ》いたラビィは腰《こし》を抜《ぬ》かしてその場にしゃがみ込んでしまう。しかし、その体勢の変化で、炎の方向が変わった。あろうことか、王子二人の方へと向かったのだ。

「嘘《うそ》っ」

ラビィが声を上げるより先に、ラファイエットが動いていた。炎が出ているラビィの左手首を摑《つか》み、そのまま物理的に握《にぎ》りこんでくる。

「は、離してくださいっ、火傷《やけど》っ！」

「落ち着け。水魔法で覆《おお》っているから大丈夫《だいじょうぶ》だ。落ち着いて、魔力の出力を抑《おさ》えろ……できるか？」

（水魔法で覆う？　え？　そんなこと……）

見下ろした視線の先、ラビィの左手首がまるで風船のような丸い水の球体で覆われていた。ラビィがまだ魔力を抑えていないので、風船の中で炎が激しく回っている不思議な光景がそこにある。

「す……ご……」

魔力の扱いに関してまったく素人《しろうと》のラビィでも、それが繊細《せんさい》かつ高等な技術だということはわかった。

（そっか、ラファイエットは全属性だったんだっけ）

原作設定をいまさらのように思い出し、ラビィはようやく安堵する。それと同時に、周りの静けさにようやく気がついた。

「あ……」

（もしかして、すっごく目立ってる……っ？）

そうでなくてもラファイエットと一緒《いっしょ》にいるだけでも注目の的だったと焦《あせ》ったが、意外にもラビィ達を見ている者はいなかった。

不思議に思い、皆《みな》が向いている方へ顔を向けたラビィは、そこでオクタヴィアンを抱《だ》きしめているクリストフェルの姿を見つける。おそらく、ラビィの火魔法から弟を守ろうと咄嗟《とっさ》の行動だったのだろうが、学院内でも公然と知られていた不仲の王子達の密着に、一年生ばかりか他《ほか》の上級生や先生方も目を瞠《みは》っていた。

似た色合いだが、面影《おもかげ》が違う二人の王子のその姿は、意外なほどに似合って美しい。特に、オクタヴィアンが真っ赤になって狼狽《うろた》えている様は眼福だ。

「……挿《さ》し絵にしたい……」

願望のまま思わず呟《つぶや》いたラビィだったが、初めての意識した魔力操作に疲労《ひろう》して、そのままくったりと身体《からだ》から力が抜けてしまった。

第三検証　曲者第一王子の思惑《おもわく》について

　結局、ラビィの魔力《まりょく》の暴発で、魔力操作の基本の授業は中止になってしまった。

　ラビィは担当教師に叱《しか》られたものの、途中《とちゅう》からラファイエットが庇《かば》ってくれた。

「基本ができていないと知っていたのに、無理に魔力を使うように言った私が悪いのです。今後、ラビィの魔力操作は、私が責任をもって指導しますので」

　なぜか、一度だけでなく今後もラファイエットがラビィを指導するということになっている。とても申し訳なくてその場で辞退しようとしたが、

「お前は幸運だな、魔力操作についてセザールはトップクラスだ。ぜひきちんと習得するように」

　教師からも盛大に後押しをされてしまい、それでも遠慮《えんりょ》しますとはとても言えなかった。

「……」

　ラビィは大きな溜《た》め息をつく。まさかこんなことになるとは思ってもみなかった。想像以上に自分が不器用だったことにも落ち込むが、ラファイエットがクリストフェル以外にこんなに

も親切だとは。

もちろん、嫌《いや》ではない。それどころか、学院内でラファイエットを堂々と見ることができるのはとんでもない幸運だと思う。ただ、それに付随《ふずい》する周りの視線を考えると、今からかなり気持ちが重くなった。

(それにしても、あの時のクリストフェルの行動……)

身を挺《てい》してオクタヴィアンを守ったクリストフェル。傍目《はため》から見れば仲の良い兄弟だ。

ただ、あの後、例の公爵《こうしやく》家三男や他の取り巻き達がオクタヴィアンの身を案じて、その場から彼を引き離《はな》してしまった。その姿を見つめていたクリストフェルの眼差《まなざ》しがなんとも切なかったように見えた。

そもそも、第一王子を敵視しているのは王妃《おうひ》だ。彼女がいなかったら、オクタヴィアンも違《ちが》った目で異母兄《いぼけい》を見ることができ、そうすれば原作のようなギスギスした関係にはならないかもしれない。

(……あ、だったら、ストーリーが変わってしまうよな)

ラビィが好きだった原作とは違った展開になることがいいことなのかどうか。しかも、それに自分が関わってしまうなんてと思えば、やっぱり怖《こわ》くてたまらない。

この先の展開を知っているというアドバンテージがあるからこそ、ラビィは今の生を楽しめているのだ。まったく知らない未来になるのは想像できない。

そこまで考えて、やはり自分はモブに徹《てっ》しようと決意した。モブとして、その他大勢として、この『ファース王国物語』を見届ける。

そう決心したのは、たった三日前だった。

「魔力の揺《ゆ》れに変化はないか？」

「……」

「ラビィ」

「は、はい、大丈夫です、すみません」

ラビィは頭を下げた。

目の前にはラファイエットがいて、ラビィに変化がないのか頭の先から爪先《つまさき》まで何度も視線が確認《かくにん》しているのがわかる。

「あ、あの」

「ベンジャミン・アップル、本来君は補習を受ける必要はないが、魔力操作に慣れないラビィには親しい者が側《そば》にいてくれた方が落ち着くだろう。授業の加点も入るので協力してほしい」

「は、はい、セザール様」

深々と頭を下げたベンジャミンは、顔を上げると少しだけラビィを恨《うら》めし気に見た。本当は目立つラファイエットと関《かか》わりたくないのだろうが、高位貴族である彼からの願いは無条件に頷《うなず》くしかない。

（ごめんなさい、ベンジャミンッ）

原作には出てこないモブの一人である彼だが、ラビィにとっては既《すで》に血肉を持った生きた存在で、大切な友達だ——一蓮托生《いちれんたくしょう》と諦《あきら》めてほしい。

ただ。

「その仲間に、アンを入れてくれると嬉《うれ》しいけどね」

「……」

なぜか、この場にはクリストフェルがいた。それればかりか、オクタヴィアンも、王子二人が揃《そろ》っている。

（どうしてこの二人までいるんだ？　王族なら魔力操作なんて完璧《かんぺき》だろ？）

口を衝《つ》いて出てしまいそうな疑問は、喉《のど》の奥へと押し込む。拒絶《きょぜつ》や疑問なんて言えるはずがなかった。

ここはもう、早く基本をマスターするしか逃《のが》れる術《すべ》はない。

「よ、よろしくお願いします」

魔力操作の基本自体は、先日の授業で聞いている。後は前世の記憶《きおく》に縛《しば》られず、魔力はあるものとして想像力を膨《ふく》らませることだ。

「では、まずは小さな炎《ほのお》を」

「は、はい、マッチの火」

自分自身に合図して左手指先を見れば、小さなマッチの火が灯《とも》る。

「……もう少し大きく」

「はい、えっと……ロウソクの火で」

長い呪文《じゅもん》のようなものが無くて本当に良かった。魔力《まりょく》を使うたびに呪文がいるのなら、それを覚えるだけで目が回りそうだ。

今度も、ロウソクの炎くらいの火力になった。

「そのさらに上は？」

「上……ガスレンジの炎……かな」

一人暮らしのアパートはガス台だったので、その炎はなんとなく記憶に残っている。野菜炒《いた》めができるくらいの火力を考えると、指先の炎は大きくなった。

「よし」

（やっぱり、魔法って想像力なんだなぁ）

一人納得《なっとく》し、ラビィは自慢《じまん》げに隣《となり》にいるベンジャミンを見る。

「どうですか？　僕、できていると思いません？」

「……まっちというのは何なんだ？　がすれんじというのも聞いたことがないけど……平民の家で使っている物とか？」

「……あ」

(不味《まず》い……っ)

つい口に出して確認してしまったが、それらはすべて前世の日本で使っていたものばかりだ。この世界、いや、少なくともこの国にはマッチはないし、ガス台もない。

「それは、あの……えっと、僕の想像力を高める、そうっ、想像上のもので、特に意味はないんですよっ」

ベンジャミンが気づいたならば、きっとラファイエットも疑問に思っているはずだ。聞かれる前に想像だと言い切ってしまえと、わざとにこにこと笑ってベンジャミンを見つめると、彼はそうなのか？　と不思議そうに首を傾《かし》げている。

ちらりとラファイエットを見れば、彼は腕《うで》を組んで難しい顔をしていた。そんな表情もカッコいいが、自分の危機に直面しているこの場面では少し怖い。

「想像力は良いみたいだね」

不意に声を掛《か》けてきたのはクリストフェルだった。

「大事なことだよ、ね、ライ」

「……まあ、そうだな」

「アンも、もう少し想像力を働かせてごらん。魔力量は多いのだし、今よりももっと効率よく魔力を扱《あつか》えるようになるよ」

聞こえてくるクリストフェルの声はとても優《やさ》しく、異母弟《いぼてい》であるオクタヴィアンに対する愛情が良く伝わってくる。彼の弟愛は原作の通りのようだが、オクタヴィアンはどうなのだろうか。

そう思ったせいだろうか、聞き慣れない声が耳に届いた。

「第一王子殿下《でんか》、私は魔力をきちんと取り扱いできています」

少し高めの、小さな声。震《ふる》えているように聞こえたのは気のせいではない。

「アン」

「……幼いころのように呼ぶのはお止《や》めください」

「！」

（これっ、オクタヴィアンの声だっ！）

アニメ版では、もっと自信たっぷりの声だったのですぐに気がつかなかった。それだけでなく、入学以来一度も彼の声を聞いていないので、頭のどこかでしゃべらないものだと思い込んでいたのかもしれない。

こんな声だったんだとしみじみ感動したが、よく考えるとその言葉は不穏《ふおん》なものだった。

第一王子を兄と呼ばず、愛称《あいしょう》も許さない。

まるで二人の関係そのものがそこに表れているようで、当人ではないラビィの方が胸が苦しくなる。

ただ、恐々《こわごわ》振《ふ》り向くと、クリストフェルはなんだか嬉しそうな表情だ。

「そうだな、アンは昔から魔力《まりょく》操作が上手《うま》かった」

「……だから、それ……」

「私にとって、お前はアンだ。兄にそう呼ぶ栄誉《えいよ》を与《あた》えてくれないか？」

「……」

俯《うつむ》くオクタヴィアンの耳が赤くなっている。

本心では嫌《いや》がっていないのが丸わかりなその様子に、なんだか居たたまれない気分だ。それはベンジャミンも同様らしく、そわそわと落ち着きなく視線を彷徨《さまよ》わせていた。ベンジャミンからすれば、王家のプライベートを覗《のぞ》いたような不敬への不安と、これまで謎《なぞ》だった二人の王子の関係に対する興味が渦巻《うずま》いているに違《ちが》いない。

（僕も同じ気持ちだよ、ベンジャミン）

しかし、残るもう一人、ラビィの推しであるラファイエットは驚《おどろ》いた様子がなかった。もしかしたら、クリストフェル自身から話を聞いていたのかもしれない。

そこまで友情は深いのだと思うと、また違ったわくわく感で落ち着かなくなった。

クリストフェルとオクタヴィアン。

二人の王子の急接近はたちまち学院内で噂《うわさ》になった。それは、最初の魔力操作の授業だけでなく、その後の五人での補習も誰《だれ》かに見られたかららしい。

ラビィはまったく気がつかなかったが、ベンジャミンは人の目に気づいていたらしく、ぶつぶつと文句を言われた。そうは言われても、不可抗力《ふかこうりょく》だ。

(クリストフェルとオクタヴィアンかぁ)

本当に、この二人の真の関係はどうなのだろうか。原作で詳《くわ》しく読んだはずなのに、少し変化しただけでまったく予想がつかない。しかし、多少振《ふ》れ幅《はば》はあるものの、原作であった事件はそのまま起こっているような気がする。

(これから学院内であった事件は……)

そう考えながら廊下《ろうか》を歩いていた時だった。

「え？　あなたもご覧になったの？」

「あなたも？」

少し驚いたような女生徒達の声がした。

「わたくしが見たのは、教室から出られるところだったけれど……あの二人」

「しっ、聞かれたらわたくしたちの方がはしたないと思われるわ」

本人達は声を落としているつもりなのだろうが、華《はな》やいだ声は廊下でよく響《ひび》いた。いや、むしろ最初の声の主よりも大きいような気がする。

「淑女《しゅくじょ》のわたくしたちには関係ない話ね。本当に、こんな醜聞《しゅうぶん》が広まったら、わたくしならとても学院に通えないわ。あなた方もどうか内密にしてあげて」

「お優《やさ》しいのね」

「お友達ですもの、当たり前だわ」

言葉自体は、噂の二人を心配しているように聞こえる。ただ、その声音《こわね》はとても楽し気で、むしろ意識して広めているのはあなたたちではと思ってしまった。

貴族の女性は怖《こわ》い。無意識にふるりと身を震《ふる》わせている間に、声は次第《しだい》に遠ざかっていく。

黙《だま》って眉《まゆ》を顰《ひそ》めていると、ベンジャミンが淡々《たんたん》と説明してくれた。

「二年生に密会している者がいるらしい。家格が違うから学生の間だけの関係かもしれないけどな。女性はこういう話が好きだから」

「密会……」

「だいたい、婚約《こんやく》前の貴族の子女は、異性と二人きりで密室にいるだけで醜聞なんだ」

どうやら、教室でも東屋《あずまや》でも、異性との二人きりは不味《まず》いらしい。貴族は大変なんだなとラビィは感心したように頷いたが、

「……あ！」

「な、なんだ？」

唐突《とうとつ》に叫《さけ》んだラビィに驚いたベンジャミンが一歩身を引く。

「あ、いえ、ありがとうございました、教えていただいて」

（そうだ、そのイベントがあったんだっ）

原作では、第二王子オクタヴィアンが入学して間もなく、クリストフェルが一人の女生徒と教室に閉じ込められるという事件があった。未婚《みこん》の男女が二人きりで密室に閉じこもるなど貴族としては醜聞で、その醜聞を作りたい第二王子派の数人が画策したことだった。ただ、そのピンチは、ラファイエットが救うことでなくなった。

卑怯《ひきょう》な第二王子派の手口だなと思う反面、助け出した時のラファイエットの挿《さ》し絵が凄《すご》くカッコよくてよく覚えていたエピソードだ。

思い出したラビィはぜひその場面を盗《ぬす》み見たいと思ったが、原作では女生徒の名前はもちろん、どの空き部屋か明確には書いていなかった。

（時期は今ぐらいだったはずだけど……）

第二王子が入学して数週間後の放課後。場所は、一年の空き教室だ。

（オクタヴィアンの取り巻きが問題を起こしているという言付けを聞いたクリストフェルが、その教室に駆《か》け込んだんだよな）

オクタヴィアンの入学以来、第二王子派だからと傲慢《ごうまん》な態度や物言いで、取り巻き達の小さな揉《も》め事が多くなっている時期だからこその有効的な餌《えさ》だ。

確か、オクタヴィアン自身は関与《かんよ》していなくて、王妃《おうひ》の息が掛かった下級貴族の女生徒が動いたのだが、その後彼女はクリストフェルが背景を探《さぐ》る前に退学してしまった。

「……」

大好きだった原作は変えたくない。あくまで自分はモブ、傍観《ぼうかん》者だ。

クリストフェルと閉じ込められた女生徒の名前はわからなかったが、それを仕組んだ方の女生徒はDクラスの男爵令嬢《だんしやくれいじよう》だった。ラビィはそれとなく彼女を見張り、あの事件が起こるかもしれない時を待った。

その日は、唐突に訪れた。

放課後、いつものようにDクラスへ足を向けようとしたラビィは、目当ての男爵令嬢が一人で教室から出てくるのを見掛けた。特に不思議な光景ではないのに気になったのは、彼女の顔色がとても悪かったことだ。

一瞬《いっしゅん》、救護室に行くのかと思ったが、彼女が向かったのは三年生の棟《むね》だった。

いよいよ、今日かもしれない。

ラビィも緊張《きんちょう》して彼女の後を追おうとしたが、

「何をしているんだ？」

なぜか後ろに、ベンジャミンが立っていた。

「ア、アップル様っ？」

「え？　あ、あの、どうしてここに？」

「……不本意だが、セザール様からお前のことを気にしてくれと言われているからな。最近ふらふらと校舎内を歩いているだろう？　何をしているんだ？」

「えー……」

どうやら、自分の不審《ふしん》な行動はベンジャミンにバレてしまっていたらしい。もしかしたら、彼からラファイエットにも伝わっているかもしれない。

少なくとも、今の様子だとラビィが女生徒の後を付け回しているというのはバレていないようだが……。

「あーっ」

「な、なんだ？」

ベンジャミンに気をとられて、彼女の姿を見失ってしまった。

「す、すみませんっ、急いでいるんでっ」

「ラビィッ？」

自分が知らないところでイベントが発生してしまっているかもしれない。原作ファンとして、それはあまりにも悔《くや》し過ぎる。

場所は一年棟の空き教室だ。ラビィは手当たり次第に空いている教室を覗《のぞ》いて行った。既《すで》に放課後なので生徒の姿はあまりなく、結果的に見て回る教室の数は増えてしまった。

（どこだっけ……確か、窓の外に大きな木が見える教室だったような……）

原作での描写《びょうしゃ》を思い出しながら回ってみるが、先ほどの女生徒の姿も見つからない。

（もしかして、もうイベントは終わったのかも……）

そう思いながら、恐《おそ》る恐る覗き込んだ次の教室の中にも、やはり誰もいなかった。

「……はぁ」

また振り出しに戻《もど》った。大きな溜《た》め息をついたラビィは、何気なく窓の方へ視線を向ける。

そこには大きな木が見えた。

「……ここ……」

窓の方へ歩いていたラビィは、ガラッとドアが開く音に振り向く。

「え？」

「ここかい？」

「は、はい」

男女の声が聞こえたかと思うと、声と共に中に入ってきたのはクリストフェルだった。彼は中にいたラビィを見て一瞬足を止める。

その途端《とたん》、いきなりドアが閉まってしまった。

「……え？」

突然《とつぜん》のことにただ呆《ほう》けるしかなかったラビィとは違《ちが》い、クリストフェルはすぐにドアに手をかけて開こうとした。しかし、ドアはまったく動く気配がない。

しばらくドアに向かっていたクリストフェルがこちらを向いた。

「どうやら結界が掛《か》かっているようだね。普通《ふつう》では開けることはできないようだ」

一分もしない間に、ここに結界が張り巡《めぐ》らされていると見破ったらしい。そういえばクリストフェルは文武両道だったと、今更《いまさら》のように思い出した。いや、そんなことよりも、なぜ彼と閉じ込められているのが自分なのか。

ここは女生徒のはずだ。声は確かに聞こえた。

「あ、あの、さっき一緒《いっしょ》にいた方は……」

「ああ、彼女は諍《いさか》いがあると呼びに来てくれた子だけれど……どうやら違うみたいだね」

ここに誰《だれ》の姿もない時点で、その言葉は明確な嘘《うそ》だ。

「おそらく、この教室に二人分の魔力《まりょく》を感じた時点で結界が作動するように仕掛《しか》けられていたんだろう」

「二人分……」

考えるまでもない、それはクリストフェルと自分だ。

(嘘だろ……)

ここにラビィがいたせいで、彼女は教室に入れなくなってしまったのだ。

原作通りにと願っていたくせに、自分がそれを変えてしまった。酷《ひど》く落ち込んだラビィはその場にへたり込みそうになるのを耐《た》えるので精一杯《せいいっぱい》だ。

「でも、君がいてくれたおかげで助かった。そうでなければ女生徒と二人きりになるところだったし。不可抗力《ふかこうりょく》だとしても、異性と密室で二人きりになったところを見られてしまったら、それこそ王妃殿下《おうひでんか》を喜ばせる結果になってしまいかねないからね」

そう言いながらドアからこちらに視線を向けたクリストフェルは、普段《ふだん》の穏《おだ》やかな王子様の顔なのに目はまったく笑っていない。これはラビィを疑っている目だ。

原作をベースに考えると、ここにいるのはオクタヴィアンの取り巻きだと思っていたクリストフェルが、ラビィの存在に警戒《けいかい》するのも十分わかる。

「最近、揉め事の訴《うった》えが多くて、総会としても無視できない状態だったんだけれど……まさかここに繋《つな》がるとはね。大層な役職を持っていると大変だ。そう思わないかい？　君も」

探《さぐ》られていることをひしひしと感じながら、ラビィは身の潔白を主張した。

「ぼ、僕はたまたまここにいただけです。お、王子殿下こそ、どうしてここに？　一年の教室ですけど……」

　クリストフェルはオクタヴィアンの取り巻きを把握《はあく》しているはずだ。そしてクラスメイトの情報も。唯一《ゆいいつ》の平民のラビィが第二王子派の中枢《ちゅうすう》にいるはずもなく、もしかしたら囮《おとり》にされたのではないか……そう思ってくれたらいいが。

　しばらくの沈黙《ちんもく》の後、クリストフェルの雰囲気《ふんいき》が柔《やわ》らかくなった。完全に疑いが晴れたわけではないだろうが、ラビィへの警戒を緩《ゆる》めてくれたように感じた。

　それにしても、オクタヴィアンの名前でわざわざここまで来るなんて、彼が弟に対してそれほど悪い感情を持っていないことがはっきりとわかった。

　しかし、これは絶好のチャンスではないか。ここにはラビィとクリストフェルだけだ。前世で気になっていたことを聞いても……いや、突然聞いてもまた警戒されるかもしれない。

　いろんなことを考えていると挙動不審に見えたのか、クリストフェルが誘導《ゆうどう》するかのように優《やさ》しく声を掛けてきた。

「何か発言があるのかい？　今は動けないし、せっかくだから聞かせてもらいたいけど」

「あ、あの」

「ん？」

　柔らかく促《うなが》され、我慢《がまん》できなくなったラビィは思い切って訊《たず》ねてみる。

「第一王子殿下は、あの、王妃様をどう思われているんですか？」

原作では、我が子を次期王に就《つ》かせたい王妃《おうひ》によって、幼いころから様々な嫌《いや》がらせを受けていたクリストフェル。実際に、命に関《かか》わるものもあったし、自身の周りの者も傷ついた。それなのに、彼は最後の最後、ラファイエットの目が失明同然になるまで動かなかった。

彼ほど頭が良く、魔力も強い、第一王子という地位まである人間がどうして動かなかったのか。原作を読んでいてラビィは不思議でしかたがなかったのだ。

「……」

一瞬《いっしゅん》、クリストフェルは虚《きょ》を衝《つ》かれたように無表情になったが、直《す》ぐに笑《え》みを取り戻してラビィに近づいてきた。ラファイエットと遜色《そんしょく》ない背格好の彼に見下ろされると、かなりの圧力を感じる。

「面と向かって王妃殿下のことを聞かれたのは初めてだよ」

「え？　そ、そうなんですか？」

「そもそも、臣下は無条件に王族に頭を垂《こうべ》れる。己《おのれ》の保身や利益のためには、見えるものも見えないと答えられる生き物だ」

また一歩近づいてきたクリストフェルの手が、ゆっくりラビィの手を取った。

「手袋《てぶくろ》なしで触《ふ》れるなど、滅多《めった》にないことだ。……光栄か？」

ラファイエットより少しだけ細い、白く長い指。爪《つめ》の先まで丁寧《ていねい》に磨《みが》かれている彼はやはり選ばれた人間なんだと思う。ただ。

「僕は、臣下じゃないです。ただの平民なんで……」

前提として、王族と面と向かって話す機会などないに等しい。

「……ふっ、面白《おもしろ》いな」

当たり前の答えを面白いと言われ、戸惑《とまど》いながらも握《にぎ》られた手を引こうとした。しかし、更《さら》に力を込められてしまう。

「あ、あの」

「名前は？」

「え？」

（そ、そこから？）

もう数回会っているというのに、クリストフェルの頭の中にラビィの名前は残っていなかったらしい。少なからずショックを受けたが、それもまたしかたがないのだろうと諦《あきら》めた。

「……ラビィと言います。平民なので、家名はありません」

「ああ、そうだ、ラビィと言っていたな。ライがずいぶん気にかけて……」

「嘘《うそ》っ？　マジか……っ」

それが本当ならとてつもなく嬉《うれ》しい。思わず満面の笑みを浮《う》かべたラビィは、言葉が崩《くず》れてしまったことに気づかなかった。

「うわっ、凄《すご》い、ラファイエットが僕のこと気にしてくれてるなんて……っ」

にやけてしまう顔を両手で隠《かく》し、その場にしゃがみ込んだ。

(側《そば》にいない時でも推しの頭の片隅《かたすみ》に残っているなんて……もう、勝ち組だろっ)

先ほどまでのクリストフェルとの緊迫《きんぱく》した空気を瞬時《しゅんじ》に忘れ、ひたすらニヤニヤするラビィ。

(なんて言っているのか聞きたい……でもっ、聞いたら意識しているってバレるっ)

「……何を考えているのかわからないが、迎《むか》えが来たようだぞ」

「は？」

ラビィが顔を上げるのと、鈍《にぶ》い爆発《ばくはつ》音がしてドアが激しい音を立てて開かれるのは同時だった。

「！」

少しだけ焦《あせ》った様子で教室内に飛び込んできたのはラファイエットだ。

走ってきたのか汗《あせ》ばんだ額に髪《かみ》が張り付いている様も、普段はきっちりと着込んでいる制服が乱れている様も、原作で見たあの美麗《びれい》なイラストの通りだった。いや、実物はイラストよりも美しく輝《かがや》いている。

(あ……魔力《まりょく》の残像……？)

本人がキラキラと光っているのは、強い光魔法を行使したせいかもしれない。確か、クリストフェルは教室に結界が使われていると言っていたはずだ。その結界を無効化するために光魔法を使ったのだろうか。

「お迎えありがとう、ライ」

「……」

軽く手を上げて声を掛《か》けるクリストフェルを一瞥《いちべつ》した彼は、驚《おどろ》きと感動に固まったままのラビィに視線を向けてくる。綺麗《きれい》な緑の瞳《ひとみ》に真っすぐに射貫《いぬ》かれ、ラビィはたちまち顔が熱くなってしまった。

「……どうしてお前がここにいる？」

しかし、無事を確かめてくれる言葉は一切《いっさい》なく、詰問《きつもん》口調で問われる。

「ぼ、僕は、あの……」

「ライ、彼は不可抗力でここにいるんだ。でも、彼のおかげで女生徒と二人きりだったという醜聞《しゅうぶん》は免《まぬが》れた。ありがとう、ラビィ」

にこやかに礼を言われ、ラビィは戸惑いながらも頷《うなず》いた。先ほどまで見せていた顔とは違《ちが》う、いつも通りの優しい第一王子の顔だ。彼はこの仮面を常に被《かぶ》っているのだろうか。

（でも、友人のラファイエットにはもう少し素《す》の姿を見せているはずだけど……）

ラビィがちらりとクリストフェルを見ると、目が合った彼は片目を瞑《つぶ》って軽く人差し指を唇《くちびる》に当てる。ここで話したことは内緒《ないしょ》だということかもしれない。

「おい、クリス」

「話は私の部屋でしよう。ラビィ、一人で帰れるかな？」

「は、はい、大丈夫《だいじょうぶ》です」

「このお礼は改めてするよ、ではね」

そう言い残し、クリストフェルはラファイエットの腕《うで》を摑《つか》んで教室を出ていこうとしたが、ふと足を止めて振《ふ》り返った。

「ラビィ、私は彼女のことは、アンの母親だと思っている」

それだけ言うと、彼は背中を向けて歩いていく。一緒に足を止めたラファイエットは怪訝《けげん》そうな表情だったが、それでもラビィに一声掛けてくれた。

「ラビィ、後で」

最後まで気にしてくれているラファイエットの言葉が嬉しくて、ラビィは今の出来事をしっかり脳裏《のうり》に刻んだ。


(……あれって、その場の勢いで言っただけじゃないんだ……)

「……」

「……」

その夜、食堂で夕食を食べ終えたラビィの部屋にラファイエットが訪ねてきたのだ。

王都に屋敷《やしき》がある高位貴族の他《ほか》は、基本寮《りょう》暮らしだ。魔力《まりょく》がある者たちばかりなので、将来国のために働いてくれるという前提において無料だった。平民であるラビィも、全学年の平民と一緒《いっしょ》に寮で暮らしている。

貴族が暮らすほど広く豪奢《ごうしゃ》ではないが、十分すぎるほどの部屋だった。

しかし、いつもなら広く感じる部屋も、ラファイエットがいると途端《とたん》に狭《せま》く感じてしまう。存在はもとより、少しばかり不機嫌《ふきげん》そうな様子もあって、ラビィは彼より少し離《はな》れて立ったままでいた。

「で？　どうしてあの場所にいたんだ？」

「ぐ、偶然《ぐうぜん》です」

「最近ふらふらと関係のない教室を覗《のぞ》き込んでいるという話を聞いている。それも、同じ時間、同じ棟《むね》の教室を、何度も繰《く》り返すように……それでも、偶然というのか？」

あっと零《こぼ》れそうになる声は殺せただろうか、ベンジャミンが言っていた話がここに繋《つな》がったのかと、聞き流していた自分の迂闊《うかつ》さを今更《いまさら》ながら後悔《こうかい》する。

(ちゃんと口止めしていれば良かった……っ)

そうしたところで、ベンジャミンがラビィとラファイエット、どちらの言葉に従うのか、一目瞭然《いちもくりょうぜん》ではあるが。

それでも、クリストフェルが閉じ込められるのを知っていたから、その場所を探していた。

理由は、ラファイエットの救出シーンが見たかったからとか——絶対に言えない。

「……クリスも同じことを言っていた」

ここに来る前に、クリストフェルともきちんと話をしてきたらしい。その上でラビィに再確《かく》認《にん》するのは少し意地悪のように思えなくもないが、これで邪《よこしま》な欲望を誤魔化《ごまか》すことができるとホッとした。

そういえば、あの時はあっという間に二人が去ってしまい、きちんと礼を言うこともできなかった。

「助けてくれて、ありがとうございました」

クリストフェルと女生徒ではなく、自分というただのモブが一緒にいただけだが、あのまま結界が張ってあった教室に閉じ込められていたら大変だ。

（……あれ？）

ふと、魔力操作が優秀《ゆうしゅう》で、魔力量も十分なクリストフェルなら結界を破れたのではないかと思ったが、それもたられればだ。実際に助けてくれたのはラファイエットだし、さすが我が推しだと世界中の人に自慢《じまん》したい。

目立つから絶対にするつもりはないが。

第四検証　第二王子の変化と推しの過保護について

「……」

「……」

「……少しいいか」

　教室内が一気に騒《ざわ》めいた。それは、これまで一切話さなかった第二王子オクタヴィアンがクラスメイトの前で初めて口を開いたからだ。

　そしてその相手が、Aクラス唯一《ゆいいつ》の平民であるラビィだったということも、クラスメイト達の驚きに拍車《はくしゃ》をかけたようだ。

「王子殿下《でんか》、この平民に何の御用《ごよう》なんですか？」

　ラビィを睨《にら》みながらオクタヴィアンに阿《おもね》るという器用な真似《まね》をするのは、オクタヴィアンの取り巻きの中で一番の高位貴族、公爵《こうしやく》家三男、ニコラス・ハンセンだ。

「……」

　オクタヴィアンは口を噤《つぐ》み、じっとニコラスを見ている。

真っすぐな深い紫《むらさき》の眼差《まなざ》しに、ニコラスの熱が徐々《じょじょ》に冷めていくのがわかった。

「ラビィ」

「は、はい」

本当はついて行きたくない。しかし、王族の命令は絶対だった。いや、正確に言えばオクタヴィアンは何も命令していないが、周りが、ベンジャミンやニコラスまで、さっさと側《そば》に行けと視線で催促《さいそく》している。

ラビィはできるだけ身体《からだ》を小さくして、足早にオクタヴィアンの側に行った。すると彼はそのまま教室を出てしまう。

「……は？」

「ラビィッ」

ついて行くようにジェスチャーで促《うなが》すベンジャミンに従い、ラビィはオクタヴィアンの後を追う。細い背中は待つことなく歩いていて、そのまま校舎の外に出てしまった。

（え？　どこに行くんだ？）

校舎の間を抜《ぬ》け、少し奥まった中庭の、さらに奥。見えてきたのは東屋《あずまや》だ。そこには初老の執事《しつじ》とメイドが二人、既《すで》にお茶の用意をして待っていた。

（え……学校でお茶会？）

一瞬《いっしゅん》そう考えたが、王族が平民を迎《むか》えて茶会を開くはずはない。

オクタヴィアンは何も言わず、引かれた椅子《いす》に腰《こし》を掛《か》ける。これは単なるおやつだと何度も自分に言い聞かせながら、ラビィは執事に促されてオクタヴィアンの向かいに腰を下ろした。

テーブルの上に並べられていたのは、焼き菓子《がし》と紅茶のようだ。今世では、セザール公爵家以外で初めて紅茶を見た。

「……」

「……」

オクタヴィアンがカップに口をつける。それを見たラビィはちらりと後ろにいる執事に視線を向けた。彼が軽く頷《うなず》いてくれたので、おずおずとカップを持ち上げた。

（わ……いい香《かお》り）

ほのかに果物の香りがする。口をつけると砂糖が入っていないせいで少し苦かったが、それでも十分美味《おい》しいと感じた。

「美味しいです」

思わずそのまま口にすると、顔を上げたオクタヴィアンが頷く。心なしか彼の表情も緩《ゆる》んでいるようで、この場ではリラックスしているんだなと嬉《うれ》しくなった。

「……」

「……」

紅茶は美味しい。

周りは木々が生《お》い茂《しげ》っていて、他者の視線を隠《かく》してくれている。

この場には執事とメイドの二人しかいないので、ラビィも思ったよりは緊張《きんちょう》しなかった。しかし、いつまでも沈黙《ちんもく》したままというのは落ち着かない。

(僕から話してもいいのかな……)

こういう場合、地位が上の人間が話しかけるまで黙《だま》っているのがマナーだと、公爵家での勉強で習った。ラビィも最初はその教えの通りにしていたが、一杯《ぱい》目の紅茶を飲み干してもオクタヴィアンが話す気配はない。

二杯目も既に底が見えている。ラビィはまたも執事をちらりと見た。深く頷く彼の意図を正確に読み取っているか自信はなかったが、思い切って口を開いた。

「こ、ここは静かでいいですね、初めて来ました」

「……」

(……失敗……っ)

招待してくれて嬉しいという気持ちを伝えたつもりだが、彼には伝わっていないかもしれない。

「え、えっと……」

次の言葉がなかなか出てこない。口ごもるラビィの耳に、小さな声が届いた。

「……私も、ここは気に入っている」

「！」

返事が返ってきた嬉しさに、思わず満面の笑《え》みが浮《う》かぶ。すると、少し目を瞠《みは》ったオクタヴィアンが続けて言った。

「……君と、話してみたかった」

「ぼ、僕とですか？」

「君は……自由だから」

それは、ラビィがどちらの王子の派閥《はばつ》でもないということだろうか。そもそも、貴族でないラビィに政治的なことはまったくわからない。ただ、同じクラスメイトとして接してくれるのは嬉しいし、何より彼は『ファース王国物語』の登場人物の一人なのだ。

ミーハーな気分も少しは許してほしい。

「……羨《うらや》ましい」

「……」

「私は、生まれた瞬間《しゅんかん》から縛《しば》られている」

俯《うつむ》くオクタヴィアンの長いまつげが、白い肌《はだ》に陰《かげ》りを作った。

誰《だれ》もが羨む大国の王子という立場なのに、それが苦しいと表情が訴《うった》えている。

（そうだよな、まだ十五歳なのに……）

前世で言えばまだ中学生、親の庇護《ひご》がある年頃《としごろ》だ。それなのに、今のオクタヴィアンには心から気を許せる者はいないのだ。

原作を読んでいるラビィには、オクタヴィアンの複雑な心情は良くわかる。そのうえ、いろんなIFストーリーを読んでいるせいか、もっと深く彼を知っているような錯覚《さっかく》にさえ陥《おちい》った。

それが傲慢《ごうまん》な考えだと、今のラビィは気づかない。

「きっと、解き放たれます」

そう言ってしまったのは、彼が俯く必要はないと思ったからかもしれない。もちろん、流されるまま異母兄《いぼけい》であるクリストフェルを敵視したり、意に沿わないクラスメイト達に癇癪《かんしゃく》をぶつけたりするのは良くないが、目の前の彼は酷《ひど》く孤独《こどく》だった。

「紅茶、美味しいですね」

「……」

オクタヴィアンはラビィを見つめる。その深い紫の瞳《ひとみ》に少しだけ光が宿ったような気がして、ラビィも頬《ほお》が緩んでいた。

「どういうことだ？」

「……わ、わかりません」

寮《りょう》の部屋で立ったまま項垂《うなだ》れる。目の前には椅子に座り、腕《うで》を組んだラファイエットがいた。

（……デジャブ……）

こうして問い詰《つ》められるのは二度目だ。前回はクリストフェルと教室にいた理由を問われ、今日はオクタヴィアンとの仲が急接近した理由を問われている。

実は、あの東屋でのお茶会もどき以来、オクタヴィアンの方から話し掛けられることが多くなった。

それは挨拶《あいさつ》がほとんどだが、ラビィ以外とはまったく口を利《き》かないせいで、周りから様々なことを言われているのはラビィも知っている。

魔力《まりょく》の基本を教えてくれたのがラファイエットで、彼はクリストフェルの側近だと広く知られていることもあり、第一王子派から第二王子派に鞍替《くらが》えしたとか、どちらにも媚《こ》びを売っている卑《いや》しい平民だとか。

それらを教えてくれたのは、情報通ベンジャミンだ。初めは少し言いにくそうにしながら、だんだん憤慨《ふんがい》したように流れている噂《うわさ》を教えてくれた。

『まったく、目立たないように生きたいと言っていたのは嘘《うそ》か』

かなり怒《おこ》られてしまい、それでも心配してくれているのは良く伝わって、何度もありがとうとごめんなさいを繰《く》り返した。

そのベンジャミンから、いずれセザール様も動くはずだと脅《おど》かされたが、まさか注意されたその日に寮の部屋に来られるとは思ってもみなかった。

「……ラビィ」

「すみませんっ」

反射的に謝って深く頭を下げる。

しばらくその体勢でいると、深い溜《た》め息が聞こえた。

「……すまない」

ラファイエットの謝罪に、ラビィはハッと顔を上げる。

「言い過ぎてしまったが、今のお前の立場がかなり微妙《びみよう》になっていることは自覚してほしい」

「微妙、ですか？」

「それほど、二人の王子殿下《でんか》の関係は周知されているし、そんな両殿下方と親しいお前は注目の的だ」

その言葉に、ラビィは慌《あわ》てて訴えた。

「親しくなんかないですっ」

オクタヴィアンは一応同級生で、彼にとっては何の柵《しがらみ》もない平民相手に僅《わず》かながら息抜《いきぬ》きをする時間が欲しいだけだと思う。その証拠《しようこ》に、彼はラビィに言葉を求めたりしない。ポツポツと、好きなお茶菓子《がし》の話や、日常の些細《ささい》な話を、まるで独り言のように話すだけだった。

積極的に話に乗るわけではなく、お世辞を言うわけでもないラビィを、もしかしたら聞き分けの良い小動物とでも思っているのではないかとさえ思う。

それに、一つ気がついたことがある。オクタヴィアンの話の中に一番多く出てくるのはクリストフェルだった。

（たぶん……オクタヴィアンもクリストフェルのことが気になっているんだと思うけど）

母親の手前、それを表立って見せることができないだけのような気がする。

それを思うと、彼を避《さ》けることはとてもできなかった。

「……親しくないのなら、どうして第二王子殿下はお前だけに話しかけるんだ？」

「それは……僕にもわかりません」

そうかもしれないと予想はできても、その本当の理由まではわからない。

ラビィが俯くと、しばらくして大きな手に頭を撫《な》でられた。

「わかった」

「セザール様」

「単なる気まぐれか、それとも背景に意味があるのか、私の方で探《さぐ》ってみよう。お前はいつも通り過ごせばいい」

「そんな、セザール様にご迷惑《めいわく》が……」

「迷惑と思わない」

きっぱりと言い切ってくれたラファイエットの気持ちが嬉《うれ》しくて、こういう場だというのにラビィは頬が緩《ゆる》みそうになる。

(僕にとっては、嫌《いや》なことばかりじゃないかも……)

こんなふうに、ラファイエットに心配してもらえる。それがたとえクリストフェルの立場を思っての行動だったとしても、推しとこんなふうに話せるのはどんな時でも嬉しかった。

「生徒総会のお仕事も忙《いそが》しいのに……すみません」

「最終学年は社交が主だからな」

生徒総会は、前世で言う生徒会のような機関だ。一番大きな違《ちが》いはラファイエットが言ったように貴族としての社交で、ラビィは参加したことはないがダンスパーティーやらお茶会を主《しゅ》催《さい》しているらしい。

もちろん、学院内の問題にも関《かか》わるので、思っているより忙しいみたいだ。そんな多忙《たぼう》なラファイエットに心配をかけて申し訳なくてたまらない。

そんなラビィの気持ちを悟《さと》ったのか、ラファイエットが苦笑《くしょう》しながら言った。

「私の心配のし過ぎだ、却《かえ》って悪かった」

「セザール様……」

「クリス……第一王子殿下から第二王子殿下の話を聞いているせいか、どうしてもあの方が関わると心配になってしまう」

あの方と敬称《けいしょう》をつけて言うのはきっとラファイエットよりも高位な存在で、二人の王子に大きな影響力《えいきょう》を持つ人物だ。それが誰なのか、原作を読んでいるラビィには簡単にわかった。

(凄《すご》く警戒《けいかい》しているんだな……王妃《おうひ》のこと)

幼いころからずっとクリストフェルの側《そば》にいたのならしかたがない。あの王妃の明確な悪意は、もはや隠《かく》しようもないものになっているのだろう。それほど、ラファイエットにとって、クリストフェルは大切な存在なのだ。

ラファイエットの気持ちがわかるからこそ何も言えなかったが、その沈黙《ちんもく》を彼は別の意味にとったらしい。

「お前には、なぜそこまで第一王子殿下の言葉を信じるのかと不思議に思われるかもしれないが……」

「あ、い、いえ、そんなことは」

当然、原作を読んでいるラビィは、ラファイエットがどれほどクリストフェルを大切に思っているのかを知っている。

初めは、お互《たが》いの纏《まと》う色だった。ラファイエットは両親とは違う不吉《ふきつ》な黒い髪《かみ》を持ち、クリストフェルは王家直系には必ず現れるはずの白銀の髪ではなく、プラチナブロンドの髪だった。お互い、疎《うと》まれる存在。違うのは、クリストフェルは両親に愛されているということだ。

それが彼の強さになり、ラファイエットが憧《あこが》れる部分だ。

ラビィはじっとラファイエットの髪を見つめた。もともと日本人だったからか馴染《なじ》みがあるし、こんなにも艶《つや》やかな髪はもっと自慢《じまん》すべきだと思う。

ラビィの視線に気づいたラファイエットは、軽く前髪《まえがみ》を摘《つ》まんで口元を歪《ゆが》めた。

「……お前は知らないだろうが、我が国の高位貴族は淡《あわ》い色合いを持っているのが普通《ふつう》なんだ」

「……」

(うん、知ってる……)

ラビィはラファイエットを完璧《かんぺき》な人だと思っているが、彼自身はそう思っていない。

それは、ファース王国の貴族は、高位貴族になるほど淡い色合いを持っているのが普通だからだ。王族は銀髪《ぎんぱつ》や白銀、公爵《こうしやく》家もそれに近い色だ。しかし、なぜかラファイエットは明るい色ではなく、黒髪で生まれた。髪も瞳《ひとみ》も、両親とは似ても似つかない暗い色で、平民にも滅多《めった》にいない黒を持ったラファイエットは、幼いころは不吉な存在として身内からも避けられていた。

「高位貴族らしからぬ色を持った私に両親もどこかよそよそしく接していた中で、親しくしてくれたのはクリスだけ、可愛《かわい》がってくれたのは……祖父だけだった」

「そうだったんですか……」

そのあたりは原作でさらりと説明していたのでラビィも気づかなかったが、平民のラビィを支援《しえん》してくれるあの先代なら、ラファイエットのことも外見ではなくその本質を見て可愛がってくれたに違いない。

（成長して、クリストフェルの側近として一目置かれるようになって、ラファイエット自身の有能さにも気づかれて……）

「成長して、周りの目は次第《しだい》に変わっていったが、幼いころから変わらずに接してくれた幼馴《おさな》染《じ》みのクリスを私は特別に想《おも》っているし、祖父以外で唯一信頼《ゆいいつしんらい》している。だからこそ、彼の言葉を疑うことはない」

絶対的な信頼感。そこまでラファイエットに想われているクリストフェルが羨《うらや》ましい。そんなふうに思う自分がいつの間にか欲張りになっていることにラビィは気づかない。

無意識のうちに眉《まゆ》が下がるラビィに、ラファイエットは目を細めた。

「お前の言葉も疑っていない」

「……え？」

唐突《とうとつ》な言葉に目を丸くすると、ラファイエットは身体《からだ》の横で握《にぎ》り締《し》めていたラビィの手を取った。

「強く握り締めるな、傷になる」

「あ、あの」

「お祖父《じい》様から見込みのある平民を見つけたと言われた時、確かに驚《おどろ》いたがその先見の明を知っていたからな、どんな人間だろうと興味を持った」

「え……」

(あんなに睨《にら》んでたのに?)

ラファイエットの口から自分の話を聞くのは初めてだ。当然、原作には書かれていない心情を知ることに動揺《どうよう》し、視線が落ち着かない。

そもそもモブ、いや、原作ではその存在すらもないラビィはイレギュラーなのに、こんなふうに考えてもらってもいいのだろうかと今更《いまさら》ながら恐《おそ》れてしまった。

「初めて会った時、お前は十四だというのに幼い子供で、高位貴族と同じプラチナブロンドの髪を持っていた。愛らしいとおっしゃっていたお祖父様の言葉通りと思ったよ」

「あ、愛らしい、とかっ」

ごく自然に誉《ほ》められ、顔がどんどん熱くなっていく。自分では見えないが、きっと顔は真っ赤になっているに違いない。

「所作や言葉も庶民《しょみん》にしてはとても洗練されている。明るい色は貴族の色だ。もしかしたら、どこかの貴族の庶子《しょし》ではないかと思ったが、祖父がそれを調べないわけがない。あの方の手のものだという疑いもすぐに晴れた」

「あ、当たり前です、僕は平民だし……」

「お祖父様がお前を後見して学院に入れるということも驚いたし、いつの間にか王子二人と親しくなるとは……考えもしなかった。……今度誘《さそ》われたら……」

「お、お断りした方がいいですか?」

後見してくれているセザール公爵家に迷惑をかけるようなことはしたくない。ラビィは既《すで》に断る気だったが、ラファイエットは意外にも否定した。

「私も誘うように言ってほしい。第二王子殿下《でんか》の真意を確かめたいからな」

弟を想うクリストフェルのことを考えた結果なのだろう。ラビィはすぐに頷《うなず》いた。

（いやいやいや）

ラビィは目の前の光景を見て混乱する。

ラファイエットとの話の後、次にオクタヴィアンから誘いを受けた時、彼も誘っていいかと打診《だしん》をした。オクタヴィアンは少し考えた後、意外にも同席を許可してくれたので、直《す》ぐにラファイエットに連絡《れんらく》を取り、二回目の放課後の東屋《あずまや》でのお茶会に向かったが、まさかそこに呼んでいない人物が来るとはまったく考えもしなかった。

「招待ありがとう、アン」

既に東屋に座り、にこやかに言うクリストフェルを見た後、オクタヴィアンからじとりとした目を向けられる。

（ぼ、僕じゃないですっ）

ここに来るまで、クリストフェルが来るなんてまったく知らなかった。まさか、ラファイエットがと視線を向けると、彼の眉間《みけん》には深い溝《みぞ》ができている。

「……どういうことだ」

ラビィが聞いたこともない低い声でクリストフェルに問いかけるラファイエット。その様子に、彼も知らなかったことなのだとわかった。

(そうだよ、ラファイエットならちゃんと確認《かくにん》をとってくるはずだし)

「情報源は一つではないということだよ」

三人の非難の眼差《まなざ》しにもまったく動じることなく、クリストフェルは穏《おだ》やかに笑《え》んで紅茶を飲んでいる。前回世話をしてくれたオクタヴィアンの執事《しつじ》とメイドは、静かにその場に控《ひか》えていた。

どうしようかと、ラビィはオクタヴィアンを振《ふ》り返る。ここは彼のオアシスで、せっかくの大切な場を荒《あ》らしたくない。クリストフェルの存在が嫌《いや》なら、今日のお茶会は止《や》めにした方がいいのではと思いながら執事に向かって声を掛《か》けようとした時だ。

「……ようこそ、第一王子殿下」

オクタヴィアンが小さな声で言った。動揺しているだろうに、それを表に見せないよう必死に我慢《がまん》しているのを感じて、ラビィは申し訳ない気持ちでいっぱいだ。

「セザールも、よく来てくれた」

「招待、感謝いたします」

真意はどうであれ、オクタヴィアンがクリストフェルを受け入れたのでお茶会は静かに始まった。前回は良い香《かお》りの紅茶と美味《おい》しいお茶菓子《がし》に癒《いや》されたが、今日は胃がキリキリと痛む。

（どういうつもりなんだよ、クリストフェル……）

少しずつだがオクタヴィアンと関《かか》わるようになって、既にラビィの中では彼は単なる小説の登場人物ではなくなっていた。推しであるラファイエットに対する熱情とは違《ちが》うが、物静かで、どこか守ってあげなくてはと思わせる細く小さな同級生に対し、予想外の心を寄せるようになっていた。

そのせいか、曲者《くせもの》のクリストフェルをどうしても警戒《けいかい》してしまう。心持ちオクタヴィアンの方へ椅子《いす》を寄せると、目の前の綺麗《きれい》な顔が面白《おもしろ》そうに緩《ゆる》んだのが見えた。

「仲良しだね」

「……」

前にも、似たようなことを言われた。その時の相手はベンジャミンだったが、今回は相手がオクタヴィアンだけに、言葉にも別の意味が含《ふく》まれているように感じた。

「こんな良い場所でお茶会なんて、もっと早く招待されたかったよ」

「……」

「アン」

「……こんな素朴《そぼく》なお茶会は、第一王子殿下は好まれないかと思って……」

目を伏《ふ》せるオクタヴィアンに、ラビィは口に出さず頑張《がんば》れと応援《おうえん》する。

「せっかくできた友人も紹介《しょうかい》してくれないし？」

「……ラビィのことは、すでにご存じだと……」

「うん、でも、アンの友人として紹介してほしかったな」

少し身を乗りだし、首を傾《かし》げながら甘く責めるクリストフェル。前世でも女性に大人気だった彼のこんな行動を、確か的確に言い当てていた読者がいた。

（天然確信犯とか、歩く猥褻《わいせつ》物とか……）

幼いころから命の危険に晒《さら》されてきたクリストフェルは、人の心の機微《きび》を読み取るのが上手《うま》い。そのせいで人タラシとも言われるほど一種のカリスマ性を持った人物だ。

そうならざるをえない生《お》い立ちを考えると、一概《いちがい》にクリストフェルを要注意人物にはできないが、客観的に見てこの二人の王子の内どちらを守るかといえば、まちがいなくオクタヴィアンだ。

無意識に彼に身体を寄せたラビィは、カップに添《そ》えている白い指が震《ふる》えているのに気づく。やはり、心の準備もなくクリストフェルと会うのは感情の許容量をオーバーしているのだ。

「あ、あのっ」

ラビィは思わず声を上げた。王子二人の会話に割り込むなんて不敬この上ないが、どうして

もオクタヴィアンが心配だった。

「きょ、今日は風も強いし、ここでのお茶会は止めた方がいいと……思い、ます」

「そう？　木々は揺《ゆ》れていないようだけど？」

オクタヴィアンから視線を外したクリストフェルが、にっこりと笑いながらラビィを見る。

まるで狙《ねら》われた獲物《えもの》の気分で、心臓がキュッと締め付けられた。

「……本当に、君はアンを想《おも》ってくれているんだね」

「い、いえ、あの、僕は……」

この場合、どういった切り返しが正解なのか。助けを求められるのは、この場に一人しかいなかった。

（ラファイエット……）

半泣きな気分で隣《となり》に座るラファイエットを見ると、彼は深い息をつく。

「ラビィで遊ぶのはやめろ。それより、どうしてここにいる？」

「君こそ、私の大切な弟と内密に会うなんて……懲罰《ちょうばつ》ものだよ？」

「懲罰っ？」

「冗談《じょうだん》だ、ラビィ、落ち着け」

「じょ、冗談……」

胸を押さえ、ラビィは軽い言い合いをしている二人を見る。気安い関係での会話だろうが、所々皮肉が入っているのにはなんとも落ち着かず、心臓に悪い。

だが、意外にもこの二人が話を始めたおかげで、オクタヴィアンはかえって落ち着いたようだった。

紅茶を一口飲み、深く息をつく気配に視線を向けると、ちょうど顔を上げたオクタヴィアンと目が合った。

すみません。

声に出さず口パクで謝罪すると、一瞬《いっしゅん》意味がわからなかったのか首を傾げられた。改めて頭を下げて謝罪の意を示すと、今度は軽く頷いてくれる。

「……まあ、せっかくの茶会だ、楽しい話をしよう」

まるで見ていたかのようなタイミングで、クリストフェルがラファイエットとの会話を遮《さえぎ》った。ラファイエットもそれ以上言い返すことなく、まるで二人は何事もなかったかのように紅茶を飲む。

（こ、これが貴族というやつ？）

なんだか手のひらの上で転がされた気分だが、とりあえずはオクタヴィアンも落ち着いたようなのでラビィも椅子に座り直した。

「そういえば、ラビィはダンスを踊《おど》れるのかな？」

「は？」

唐突《とうとつ》な質問に、ラビィはまじまじとクリストフェルの顔を見てしまう。

「えっと、いえ、踊れません」

平民のラビィとダンスなんて、まったく関係がない話ではないか。

どうしてそんなことを聞かれるのだろうと首を傾げていると、オクタヴィアンが小さな声で言った。

「ひと月後に、学院祭がある。そこで高等部の新入生はダンスを踊らなくてはならない」

「えぇっ？　僕もですか？」

「新入生全員だ」

「嘘《うそ》っ！」

（ダンスとか、そんなの踊れるわけないよっ！）

前世も、そして今世も、ラビィは特に運動神経が悪いわけではない。前世では学生時代ずっとサッカーをやっていたし、社会人になっても時々ジムに行って運動不足を解消していた。

ラビィとして生まれた今世も、幼いころから近所の幼馴染《おさななじ》みたちと森に遊びに行っていたし、狩《か》りも普通《ふつう》にできていた。

しかし、運動神経が悪くないのと、ダンスが踊れるかということは全く別問題だ。

二回の人生を通じて、体育祭でヒップホップを数分踊った以外、ダンス経験はまったくない。

アニメや映画で見た、華《はな》やかな衣装を着た女性たちとくるくる踊るダンスを思い浮《う》かべ、ラビィは何度も首を横に振《ふ》る。

「無理です、駄目《だめ》です、できません……」

あんな風に踊れるとは思えない。

(なんで平民の僕までダンスを踊らなくちゃいけないわけ？　……そうだ、腹痛、腹痛になろう、そうすれば……)

「言っておくけど、ダンスは必修だよ。成人直前で、貴族のたしなみが身についているのか、各家の目が向けられる機会だからね。学院に入学した限り、君もそのたしなみは身に付けないと」

ラビィの動揺《どうよう》は明らかにわかるはずなのに、クリストフェルは笑いながら追い詰《つ》めてくる。

綺麗な顔なのに意地が悪いと、ラビィは今度こそ涙目《なみだめ》になった。

「……あ、あの」

「ん？」

「ふ、不可抗力《ふかこうりょく》で、休む場合もあると……」

「ああ、その場合は特別に王家主催《しゅさい》の舞踏《ぶとう》会で踊る栄誉《えいよ》を与《あた》えられるよ。ラビィはそっちの方がいいのかな？」

「……すみません」

どちらにしても、ダンスは踊らなくてはならないようだ。

（学院祭で学生にみっともない姿を見せるのか、舞踏会で貴族の前で醜態《しゅうたい》を晒すのか……）

選ぶのは当然。

「……ダンスの練習をします」

そうとしか言えない状況《じょうきょう》に絶望的な気分になるが、考えてみれば学院の生徒たちは誰《だれ》もラビィのダンスに興味などあるはずがない。みっともない姿を笑われるかもしれないがそれも今更《いまさら》だし、どちらかといえばオクタヴィアンのような可愛《かわい》い子のダンスを――。

「あ」

「どうした？」

声を上げたラビィにラファイエットが声を掛《か》けてくる。それにあいまいな笑《え》みを浮かべて応《こた》えながら、ラビィの脳裏《のうり》はすさまじく回転していた。

（そうだ、学院祭のダンス……イベントがあるんだったっ）

自分のダンスのことで頭がいっぱいになってしまったが、『ファース王国物語』の原作の中にはこの新入生のダンスイベントがあったことを思い出した。

（うわ……どうしよう……）

原作では、注目の的であったオクタヴィアンがダンスを失敗してしまい、それをからかった異母兄《いぼけい》クリストフェルに恨《うら》みを抱《いだ》くようになってしまうのだ。

「練習をするぞ、いいな」

「はい……は？」

考えに囚《とら》われていたラビィは、ラファイエットの言葉に頷《うなず》いた後に我に返る。

「よし、ではアンも一緒《いっしょ》に練習しよう。いや、復習で十分かな」

いつの間にかクリストフェルも面白《おもしろ》がってそう言い、ラビィは戸惑《とまど》ったままオクタヴィアンを見る。

彼は目を伏《ふ》せたまま黙《だま》っていて、クリストフェルの提案をどう思っているのか見ているだけではわからなかった。

第五検証　転生者にダンスは難関について

この国の学院祭は、前世の日本のように出店をしたり、舞台《ぶたい》でライブをやったりするわけではない。貴族間の交流が主で、新入生のダンスはいわばショーウインドウに飾《かざ》られる売り出しの服のようなものだと思う。

誰が一番目を引くか、教室の中は既《すで》に学院祭の話題で持ちきりだ。

特に、衣装に凝《こ》る女生徒達は早い者は一年も前にドレスの注文をしたらしい。遅《おそ》い者でも数カ月前だと小耳にはさみ、ラビィは他人事《ひとごと》のように凄《すご》いなと思うしかなかった。

準備に余念のない貴族の子息達とは違《ちが》い、平民側はのんびりとしたものだ。二人、女生徒がいるが、彼女たちは後見人になってもらっている貴族が準備するものを着るらしい。

「私か？　父の礼服がある」

ベンジャミンに訊《たず》ねると、彼はあっさりそう言った。男爵家《だんしやく》の嫡男《ちやくなん》と言えど、使える金額はあまりないということかもしれない。

「私より、お前はどうなんだ？」

「僕は……どうなんでしょう？」

ダンスのことばかり考えていて、礼服のことまで気が回らなかった。この世界にレンタルというものが無ければ、最悪中古品を買うしかないが、先立つものはほぼない。

（父さん達にお願いはできないし、ベンジャミンに安い服屋を紹介《しょうかい》してもらうしかないか）

バイトなんてできるのだろうかと考えていたその週末、ラビィはラファイエットに攫《さら》われた。

「お、お久しぶりです」

「元気そうだね」

にこやかに出迎《でむか》えてくれたのは、セザール公爵《こうしゃく》家の先代、ラビィの後見人だ。

ラファイエットの馬車が向かったのは王都のセザール公爵家で、そこには既に巻尺を手にした仕立て屋が準備していた。

「では、よろしいですか？」

「え？　あ、あの、いったい……」

「お前のサイズを測らなければ礼服が決められないだろう。本当は仕立てた方が見栄《みば》えがいいが、平民がそこまですると顰蹙《ひんしゅく》を買う恐《おそ》れがあるからな。既製品《きせいひん》を直して着る方がいい」

どうやら礼服を用意してくれるらしい。助かったのは間違《まちが》いないが、いかにも高級テーラーのような仕立て屋のいでたちに、慣れないラビィは委縮して背を曲げてしまう。

「ラビィ、背筋を伸《の》ばせ。ダンスは姿勢が大事なんだ」

「は、はい」

一応、仕立て屋が布で目隠《めかく》しをした上で、下着姿になってサイズを測られる。ただ、そこに当然のようにラファイエットがいるので、貧弱な身体《からだ》を見られる羞恥《しゅうち》に落ち着かない。

「ラビィ、また背が曲がっている」

「す、すみませんっ」

どうにか恥《は》ずかしさを堪《こら》えてサイズを測り終えると、仕立て屋はさっそく仕事に取り掛かるために帰っていった。

これでようやく寮《りょう》に帰ることができると安堵《あんど》したのもつかの間、ラファイエットに手を引かれ、ラビィは椅子《いす》から立ち上がった。

「では、基本だ」

「え？」

「王子殿下《でんか》と練習する前に、最低限のダンスを踊《おど》れるようにしないとな」

「……え？」

練習のための練習。なんだか罠《わな》に嵌《は》まった気分だが、わざわざラファイエットが相手となってくれるのだ、嫌《いや》だと言えるはずがない。

「……よ、よろしく、お願いします」

セザール公爵家には、当然のようにダンスホールがあった。広く煌《きら》びやかな大広間に密《ひそ》かにテンションが上がる。

原作には、こんなダンス練習をする描写《びょうしゃ》はなかった。登場人物は皆《みな》貴族としてダンスは嗜《たしな》んでいるので、あくまでこれは自分というイレギュラーな存在のせいだ。

舞台の端《はし》に置かれているピアノの前にはメイド姿の女性が座っていて、ラファイエットが合図をすると綺麗《きれい》な旋律《せんりつ》を紡《つむ》ぎ始めた。

「手を」

「は、はい」

差し出された手に恐る恐る自分の手を重ねると、ぐっと身体を引き寄せられる。ほぼ密着した身長差は二十センチ以上はあるだろうか、彼の顎《あご》を見上げる体勢になった。

（……うわ……）

こんなに間近でラファイエットを見るのは初めてだ。綺麗でいて男らしく整った容貌《ようぼう》にただただ見惚《みと》れた。

本人は嫌《きら》っているような艶《つや》やかな黒髪《くろかみ》も、エメラルドのような深い緑の瞳《ひとみ》もとても綺麗だし、涼《すず》やかな目元も高い鼻梁《びりょう》も、少し薄《うす》めの唇《くちびる》も、すべてが芸術品だった。本当に写真に残したくてたまらない。

（この世界だと、絵師に描《か》いてもらうんだろうけど……ラファイエットは自分の容姿が嫌いだし……）

両親の態度を考えると、あまり絵も残していないかもしれない。

(僕が親なら、毎日……は無理でも、毎月一枚くらい絵を描かせるだろうなあ)

「……ラビィ」

「……」

「私の顔はそれほど見ていて楽しいのか?」

「……っ、す、すみませんっ」

見惚れたまま、棒立ちになってしまっていた。忙《いそが》しい中、わざわざダンスの練習に付き合ってくれているのに、これでは時間の無駄遣《むだづか》いだ。

「が、頑張《がんば》ります、します」

「……私に合わせて足を動かしてみろ」

「はいっ」

ピアノの伴奏《ばんそう》がゆっくりとしたものに変わり、ラファイエットがわかりやすいように合図をしてくれる。

「一、二、一、二、ここでターン」

「一、二、一、二……あ、ターン」

教えてくれているダンスは、初心者用のごく簡単なものらしい。貴族の子息達は中等部に入学する時にはこのダンスを踊れるようだ。

「背筋は伸ばして、腕《うで》はしっかり上げて、足は柔《やわ》らかく動かす」

「……っつ、す、すみませんっ」

足が縺《もつ》れて、ラファイエットの靴《くつ》を踏《ふ》んでしまった。すぐに身体を引いて頭を下げようとしたが、しっかり握《にぎ》られている手は離《はな》れない。

「私の足のことは気にしなくていい。間違えても顔に出さずに続けるんだ」

「は、はいっ」

言っていることはわかるし、ダンス自体は簡単な動きだった。ただ、姿勢の維持《いじ》と、生演奏に合わせることが難しい。

（ダンスが必修じゃなかったら、この時間はすっごいご褒美《ほうび》なのに……っ）

推しとダンスを踊るなんて、男でも嬉《うれ》しい。ラファイエットは本番の学院祭では出ないので、他《ほか》の一年生に申し訳ない気分だ。

（……ん？）

「あ、あの」

ふと、ラビィは思い当たった。こうして誰《だれ》にも見られないのなら、ラファイエットとのダンスレッスンは楽しい。ただ、

「僕……女性パートを踊ってませんか？」

学院祭では、当然ながらラビィは女生徒をリードする側になるはずだ。このまま女性パート

を覚えてもしかたがないのではないか。

「……」

目の前の端整《たんせい》な顔がハッと驚《おどろ》いたのがわかった。どうやらラファイエットもそこに気づかずレッスンをしていたようだ。

「……すまない」

「大丈夫《だいじょうぶ》です、楽しかったですから、全然問題ありません」

むしろご褒美だったと心の中で付け加える。

「……次は私が女性パートを踊ろう。お前がリードしてくれ」

「さっきのリズムと同じですか？」

「ああ、足さばきを先に取るのと、女性の手を高い位置で支えるのが違うくらいだ」

先ほどの動きを頭の中でもう一度確認《かくにん》し、ラビィは改めてラファイエットの手を取った。今度は自分が下から彼の手を支える形になる。

（……ちょっと……）

しかし、前提としてラファイエットの方がずいぶん背が高かった。リーチの差で、彼の手を高く上げて支えるのは物理的に無理だ。

「……」

ほぼ同時に、ラファイエットも気がついたらしい。いつもの冷静沈着《ちんちゃく》な彼なら初めから気づいていただろうに、それだけパートの違《ちが》いに気づかなかったことに動揺《どうよう》していたのかもしれない。

「……無理か」

「……すみません」

「とりあえず、足さばきの復習をしてみよう。これなら背の高さは関係ない」

「はいっ」

手は腕を持つように言われ、ラビィは改めてリードを始めた。どうやら彼は女性パートも完《かん》璧《ぺき》に覚えているようで、さりげなくラビィを誘導《ゆうどう》してくれる。

見下ろす視線の先には、自分のものよりも大きな靴があって、なんだかおかしくなったラビィは小さく笑ってしまった。

（ラファイエットなら、女性になっても綺麗だろうなぁ）

そういえば、同人誌の中に女体化の話もあったような気がする。ラビィはそのままのラファイエットが好きなので手をつけなかったジャンルだが、今となっては覗《のぞ》いてみた方が良かったかもと思えた。

「では、ダンスの練習は順調なのか？」

「練習のための練習です。楽しいです、すっごく」

ラビィが満面の笑《え》みで応《こた》えると、反対にベンジャミンは怪訝《けげん》そうな顔をした。

「あれだけ文句を言っていたのに……どういう心境の変化だ？」

それは、練習にラファイエットが付き合ってくれるからだ。忙しい中時間を作り、ラファイエットはセザール公爵家《こうしやく》でラビィにダンスを教えてくれた。

二回目から、相手役としてメイドがついてくれているが、彼女もとても上手なのでずいぶん上達した……と、思う。

高位貴族家のメイドは下級貴族の子女がなる場合が多いらしいので、彼女もきちんと貴族としてのマナーを身につけていた。

ラファイエットの話によると、いくら学生間での身分差はないと謳《うた》われているとはいえ、高位貴族は高位貴族同士でダンスを踊《おど》るのが通例らしい。ラビィのような平民は、下級貴族の子女にお願いしてダンスを踊ってもらうと聞いて、ラビィは密かに安堵《あんど》していた。高位貴族の子女相手に、粗相《そそう》をしないでいられる自信がない。

ただ、その中でも唯一《ゆいいつ》の例外があった。それは、王族の立ち位置だ。

王族はどんな相手でも、ダンスを申し込まれれば踊らなくてはならない。時間制限はあるようだが、大変な肉体労働だ。

あの華奢《きゃしゃ》なオクタヴィアンがその責務を担《にな》えるのか心配だが、それとなくラファイエットに言っても、まず自分のことを考えるようにと言われた。

「アップル様、明日は大丈夫ですか？」

「……大丈夫ではないが、きちんと空けている」

ベンジャミンは悲愴《ひそう》な表情で頷《うなず》いた。明日、いよいよオクタヴィアンとのダンス練習だ。このために前もって練習をしてきたので、付き合ってくれたラファイエットのためにも絶対に失敗しないと心に誓《ちか》う。

「ラビィ」

「見捨てないでください、アップル様」

「……わかっている」

ベンジャミンを巻き込むのは自分の我が儘《まま》だ。下級貴族で、目立ちたくないベンジャミンにはいい迷惑《めいわく》だろうが、それでも一人で王族二人を相手になんてできない。

「……お前と知り合って、私の学生生活の予定は狂《くる》ってばかりだ」

「……すみません」

「……友人だからな、しかたない」

「アップル様……ありがとうございます」

本当に、ベンジャミンと同じクラスになり、彼に声を掛《か》けることを決意して良かった。

ラビィは自分の判断に間違《まちが》いがなかったと、面倒見《めんどうみ》がいい友人に頭を下げた。

はじめは王城にと言われたらしいが、それはラファイエットが止めてくれたらしい。それを聞いた時は、ベンジャミンと共にその場にへたり込みそうになった。いくら王子達と話すようになったと言っても、王様が暮らす場所に足を踏み入れる勇気はない。

そこで、場所は結局セザール公爵家となり、ラビィとしては慣れた場所に安堵し、当日は屋《や》敷《しき》で二人の王子を待つことになった。

予定の時間よりも少し早く玄関先《げんかんさき》に立ったラビィは、隣《となり》にいるラファイエットを見上げる。王子達を迎《むか》えるに相応《ふさわ》しい礼服を着た彼は惚《ほ》れ惚れするほどにカッコいい。少し上げた髪形《かみがた》は見慣れないものの、大人っぽくてドキドキしてしまう。

(……ドキドキ?)

同性に対して少しばかりおかしな感情のような気がして、ラビィは自身の胸を押さえた。ラファイエットをカッコいいと思うのはいつものことだが、なんだか違うような気もする。

きっと、王子達を迎えるのに緊張《きんちょう》しているから、いつもと違う気持ちになっているのだ。ラビィはそう思い直し、改めてラファイエットに礼を告げた。

「セザール様、ありがとうございます。僕の為《ため》に、こんなに良くしてくださって……」

王族を呼ぶ為には、それなりの準備が必要だ。今日この日の為に、ダンスホールの飾《かざ》りつけはもちろん、演奏家の手配や、軽食の準備など、ラファイエットには様々な手間ばかりではなく、お金もかけさせてしまった。

ラビィがいなければ本来しなくてもいい苦労をさせて、本当に申し訳ない。謝罪と感謝を込めて言うと、ラファイエットはポンポンとラビィの頭を軽く叩《たた》いた。

「気にすることはない。王族を招待するのは誉《ほま》れだ。両親もお祖父《じい》様も、喜んで準備をしていたぞ」

「そうなんですか？」

「それに、クリスは友人だし、そこまで気遣《きづか》っていない。お前が苦に思うことは何もない」

優《やさ》しい言葉に、また感動して心が震《ふる》える。そこへ、門番からの来客の知らせが届き、しばらくして馬車が一台玄関《げんかん》ホールに入ってきた。貴族の持ち物としては簡素な装飾《そうしょく》の馬車の中から下りてきたのはベンジャミンだ。

「ご招待、ありがとうございます、セザール様」

丁寧《ていねい》な礼をし、礼服に身を包んだベンジャミンは、学院で顔を合わせている時よりも凛々《りり》しく見える。おそらく父親のお下がりだろう礼服もサイズ合わせはしているようで、十分見栄《みば》えがするものだった。

公爵家へ行くなんてと、前日までさんざんごねていたが、まったくそんな様子は見せないベンジャミンも、やはり貴族なのだろう。

「よく来てくれた。ラビィの為にすまないな」

「……いえ、私もダンスに関しては自信がないので、一緒《いっしょ》に練習していただけるのはとても助かります」

内心はともかく、そう言ってくれて一安心だ。

その時、また連絡《れんらく》があった。今度は王族専用の馬車が到着《とうちゃく》したという知らせに、ベンジャミンも一緒に玄関で出迎《でむか》えることになった。あまり大袈裟《おおげさ》にしないでほしいというクリストフェルの願いで、公爵家当主夫妻と先代は遠慮《えんりょ》するらしく、ここには三人と、十数人の執事《しつじ》とメイドたちがずらりと並んで頭を下げる。

到着した馬車は全部で三台で、まず先頭からラビィも知っている執事とメイド、そしてもう二人若い男が下りてくる。続いて最後尾《さいこうび》の馬車からも五人の男が下りてきた。さすが王子二人の護衛態勢だ。いや、もしかしたらこれでも少ない方なのかもしれない。

辺りを確認《かくにん》した護衛が執事に合図をし、ようやく真ん中の馬車から王子二人が下りてきた。

「招待、感謝する」

「ようこそ」

ラファイエットとクリストフェルの挨拶《あいさつ》は手短で、これが私用での訪問だと周りに示しているようだ。

クリストフェルはすぐにラビィへと視線を向けてきた。

「ラビィ、今日は頼《たの》むよ」

「は、はい」

挨拶をしている間、オクタヴィアンは黙《だま》って控《ひか》えているだけだ。

ラビィは今日を無事に乗り越《こ》えるために、よしと気合いを入れた。

ダンスホールの準備は完璧《かんぺき》にできていた。途中休憩《とちゅうきゅうけい》するテーブルと椅子《いす》も設置してあるし、側《そば》に給仕も控えている。今日の伴奏《ばんそう》はプロを呼んでいて、その彼も王子の登場に緊張したように頭を下げていた。

「今日は練習なのだから、さっそく始めようか」

クリストフェルの言葉で、直《す》ぐにダンスの練習が始まった。今日もメイドが数人待機してくれている。

公爵《こうしやく》夫妻は、当初貴族の令嬢《れいじょう》を招待した方がいいのではと言っていたらしいが、そのお伺《うかが》いはクリストフェルに一蹴《いっしゅう》されたらしい。確かに、こんな個人的な練習に招待してしまうと、変に期待させてしまうかもしれない。

(どちらもまだ、婚約《こんやく》者もいないしな)

今日は付き添《そ》いだからと、クリストフェルは自らは踊らず、オクタヴィアンに付きっきりで指導している。相手役のメイドの顔色は緊張で真っ白だが、ダンスは完璧に踊《おど》っているのはさすがだ。

無理に付き合わせてしまったベンジャミンにも練習を勧《すす》め、ラビィもいつも相手をしてくれているメイドと緊張しながらダンスを踊った。

(ラファイエットも見てるだけなんだな……)

ラファイエットはテーブルの側に立ってこちらを見ているだけだ。その視線は初めクリストフェルとオクタヴィアンに向けられていたが、ふと気づいた時、その緑の瞳《ひとみ》と目が合った。

見られている……そう自覚した瞬間《しゅんかん》、ラビィのリズムが狂ってしまった。

「す、すみませんっ」

相手のメイドに謝罪し、気を取り直して踊ろうとするものの、じっとこちらを見られているようで落ち着かない。

結局、区切りが良いところでラビィはいったん踊るのを止《や》めた。

「ありがとうございました」

メイドに礼をして端《はし》に寄ると、ちょうど同じタイミングでダンスを止めたベンジャミンが近づいてくる。

「アップル様、どうですか?」

自分の動揺《どうよう》を誤魔化《ごまか》すためにベンジャミンに声を掛けると、彼は軽く頷《うなず》いてみせる。

「とりあえず、最低限は踊れたからもういい。さすが公爵家のメイドは完璧だな」

「はい。皆《みな》さん、ダンスがお上手です」

自然とベンジャミンと並ぶ形で、まだダンスを踊っているオクタヴィアンと、それを側で指導しているクリストフェルを見た。ラビィから見ればオクタヴィアンのダンスは完璧だが、姿勢や手の位置など、クリストフェルは細かい指導をしている。そしてその指導を、オクタヴィアンも素直《すなお》に受け入れているようだ。

（……だいぶいい感じだけど……）

いまだ学院内では二人の王子の不仲が噂《うわさ》されているが、それもオクタヴィアンが入学した当時よりもかなり下火になっている気がする。実際、こうしてみるとオクタヴィアンはまだ遠慮がちだが、かなりその関係は改善されているように見えた。

意図しないものの、関《かか》わりある二人の関係が改善されたのは嬉《うれ》しい。そう思いながらぼんやりと目の前のやり取りを見つめていたラビィだが。

「王子殿下《でんか》方の仲は改善されたのか？　学院内の雰囲気《ふんいき》も変わるといいが……」

ふと呟《つぶや》いたベンジャミンの言葉に、唐突《とうとつ》に背筋が寒くなった。

（二人の関係が変わる……変わったら……あ……れ？）

以前も考えたことだ。今の二人の関係が原作と変わったのは、おそらくクリストフェルの成人のパレードが上手《うま》くいったことで、彼の評判が下がらなかったためだ。そのせいで学院内でもクリストフェルの人気は高いまま、そこにオクタヴィアンが入学した。

おそらく、オクタヴィアンの中でクリストフェルに対する歪《いびつ》な優越《ゆうえつ》感が生まれず、優秀《ゆうしゅう》な兄に対する劣等感《れっとうかん》だけだったのが、学院に入学してから母親のいない場で交流することができて、少しずつ感情が変化していったのだと思う。

余裕《よゆう》があるクリストフェルが弟を気遣い、オクタヴィアンも兄に対して親しみを持つようになって――。悪いことではない。だが、確実に原作は、オリジナルストーリーに変わっている。

（い……い、のか？）

確かに、『ファース王国物語』には公式で多くのＩＦストーリーがあった。しかし、その中の主なイベントは確実に起こったはずだ。それは、クリストフェルの成人のパレードでの襲撃《しゅうげき》、学院祭のダンスでのオクタヴィアンの失敗、技能大会での事故、そしてオクタヴィアンの成人の宴《うたげ》での毒殺未遂《みすい》事件。

すべてのイベントはきちんと行われる……はずだ。いや、行われなくてはならない。

それならば、このまま二人の王子が和解してはいけないのではないか。

（……どうしよう……）

「どうした？」

ベンジャミンが顔を覗《のぞ》き込んでくる。それに反応できないでいると、近くにいたラファイエットが歩み寄ってきた。

「何かあったのか？」

目の前では、美しい二人の王子がぎこちなくも言葉を交《か》わしている。この光景が本来あってはならないのだということを、ラビィは改めて認識《にんしき》していた。


複雑な思いを抱《いだ》いたまま、それでも時間は過ぎていく。

あっという間に学院祭の日になり、ラビィはもやもやした気持ちを抱《かか》えたまま学院のダンスホールに立っていた。王城のダンスホールを模したらしく、広くて煌《きら》びやかなホールには、既《すで》に学院生だけでなく、保護者も集まっている。

ラビィの衣装《いしょう》は、ラファイエットが用意してくれた礼服で、既製服《きせいふく》とはいえかなり良い仕立てのものだと誰《だれ》が見てもわかるものだった。初めて見たベンジャミンも、一瞬《いっしゅん》驚《おどろ》いた後、諦《あきら》めたような表情で溜《た》め息をつく。

「それで目立たないのは無理だな」

「……ですよね」

ラファイエットは副総長なので会場内を忙《いそが》しく回っているらしい。彼に見つかったら確実に叱《しか》られるだろうが、それでもできるだけ目立たないよう身体《からだ》を小さくしていると、厳《おごそ》かな音楽と共に王族が入場してきた。

今年は新入生にオクタヴィアンがいるので、王と王妃《おうひ》が揃《そろ》っている。初めて見るこの国最高権力者は、さすがに整った容姿をしていた。王の顔立ちはクリストフェルに似ているが、色味はオクタヴィアンのものだ。

王妃も、オクタヴィアンのような子供がいるとは思えないほど少女じみた若々しい容姿だが、笑《え》んだ口元とは反対にまったく笑った目をしていないのが怖《こわ》い。

彼女の視線は我が子のオクタヴィアンではなく、先に登場して王座近くに立っているクリストフェルに向けられている。その恐《おそ》ろしいほどのきつい眼差《まなざ》しに、彼女の深い憎《にく》しみが見てとれた。

物語の当初、彼女は自分よりも先に子を、それも王子を生んだ側妃《そくひ》を恨《うら》んでいたが、このころの彼女は、オクタヴィアンの為《ため》というより、己《おのれ》の意地で彼の排除《はいじょ》を望んでいた。女心はわからないが、子供としたらいい迷惑《めいわく》だと思う。

王妃の後ろには、正装したオクタヴィアンが続いていた。綺麗《きれい》な衣装に身を包んだ彼は、線は細いが秀麗《しゅうれい》な美少年だ。女生徒達は華《はな》やかな歓声《かんせい》を上げているが、男子生徒や保護者の眼差しは値踏《ねぶ》みをしているような嫌《いや》なものだった。

「……緊張《きんちょう》されているな」

ラビィを通じて何度かオクタヴィアンと会っているベンジャミンの声には、心配そうな色が濃《こ》い。その優《やさ》しさに少しだけ胸の中が温かくなった。

「実質、社交界デビューみたいなものでしょう？　緊張しますよね、王子殿下も」

「第一王子殿下の時の学院祭は伝説だったと言われるほど盛り上がって大成功だったらしいからな。……第二王子殿下も気負われているのかもしれない。……私は今ほど自分が男爵《だんしやく》家の子で良かったと思う」

実感がこもった言葉に笑っていると、王の言葉が始まる。

「今年高等部に進級した我が民《たみ》の晴れ舞台《ぶたい》を、皆温かく見守ってほしい」

そう言った王が、オクタヴィアンに笑いかけた。しかし、真っすぐ前方を向いている彼はその視線に気づかない。

「それでは皆、良い夜を」

言葉と共に演奏が始まった。ぎこちなく誰もいないフロアに足を踏《ふ》み出したオクタヴィアンは、前列に並んでいた女生徒の一人に手を差し出す。彼女は同じAクラスの公爵家令嬢《れいじよう》だ。

「オクタヴィアン」

その時、王妃が声を掛《か》けた。原作にはなかったことだ。

「素晴《すば》らしいダンスを見ておりますよ」

にっこり笑って言う彼女に、オクタヴィアンは黙《だま》って頭を下げる。ものすごいプレッシャーが彼を襲《おそ》っているはずだ。

(どうしてわざわざあんな言葉を掛けるんだ?)

優雅《ゆうが》に扇《おうぎ》で口元を隠《かく》している王妃の眼差しの先にいるのは――オクタヴィアンではない。

ファーストダンスは、王子のオクタヴィアンだけだ。無数の、あまり好意的ではない視線に晒《さら》された中踊るなんて罰《ばつ》ゲームみたいなものだ。

(これで、失敗するんだよな……)

みんなが注目しているファーストダンスで、オクタヴィアンは失敗してしまうのだ。

それが彼の心の傷となって、彼にとっては無神経な言葉を投げかけてきたクリストフェルを恨むことになる。

「……」

ラビィは拳《こぶし》を握《にぎ》り締《し》めた。この中で、自分だけが未来を知っている。今ならば、それを防げるかもしれないのに、ただ黙って見ている。

(失敗するのは最後の最後……)

同じ場面をアニメでも見た。そう思い出せば、音楽も一緒《いっしょ》だったと妙《みょう》な一致《いっち》点に驚《おどろ》いてしまう。

(……もうすぐ……)

もうすぐ一曲目が終わる。

「あっ」

その声はラビィのものか、それともベンジャミンのものだろうか。目の前でオクタヴィアンのステップが乱れてしまった。あろうことか、彼はそのままフロアの中心で棒立ちになってしまったのだ。

それまで騒《ざわ》めいていたホールの中はしんと静まり、ただ音楽だけが流れている。

「……やっぱり……」

あれだけ練習していたのに、曲も後ワンフレーズで終わるのに、やはりオクタヴィアンは失敗してしまった。彼の社交界デビューもこれで失敗となる。

もともと色白の彼の顔が真っ白になっているのを見て、ラビィの胸は鈍《にぶ》く痛んだ。

間もなく、曲は終わった。

パートナーの公爵令嬢《こうしやくれいじよう》が何事か声を掛けたのだろうか、ハッとした様子のオクタヴィアンはぎこちなく彼女をエスコートし、王と王妃の前まで歩み寄って一礼をした。

そのまましばらく顔を上げないオクタヴィアンに、王ではなく王妃がにこやかに声を掛けた。

「見事なダンスでしたよ、オクタヴィアン」

「……っ」

彼女のその一言は、今の失敗をなかったことにするものだ。しかし、その口調は我が子を心配する余りフォローをしたという風ではなく、都合の良いように事実を捻《ね》じ曲げる傲慢《ごうまん》な態度だった。

王妃の言葉に賛同を示すように、大きな拍手《はくしゅ》がホールに響《ひび》いた。

これで、表向きオクタヴィアンのダンスは成功となった。しかし、事実はここにいる者すべてが見ている。

その屈辱《くつじょく》に一瞬《いっしゅん》で頰《ほお》を赤くしたオクタヴィアンは、それでもかろうじて令嬢《れいじょう》をエスコートしてフロアの中心から去ると、彼女の手を離《はな》してそのままホールから立ち去ってしまった。

その場を、嫌な沈黙《ちんもく》が支配する。

いつもの取り巻きも、今日はその後を追おうとしなかった。彼らにとっても今日が社交界デビューだ。ダンスを止《や》めてまでオクタヴィアンに寄り添《そ》うことはしないのだろう。

それが貴族として当たり前のことだとしても、ラビィにとっては受け入れにくいことだった。

原作通り、オクタヴィアンはダンスを失敗した。その後、彼を慰《なぐさ》めることくらいいいのではないか。

「おいっ」

ラビィが踵《きびす》を返そうとすると、ベンジャミンが咄嗟《とっさ》に腕《うで》を摑《つか》んできた。

「すぐ戻《もど》りますから」

そう言うラビィの声に重ねるように、通りの良い声がフロアに響く。

「我が弟が緊張を解《ほぐ》してくれたようだ。さあ、新入生の皆《みな》、今宵《こよい》素晴らしいダンスを披露《ひろう》してほしい」

クリストフェルの言葉に笑いが起き、我先にとホールに新入生が進み出て、すぐに音楽が始まった。今度は十数組の華やかなダンスが始まり、静まり返っていたホールの中もざわめきが戻った。

表向きは何事もなかったかのように見えるが、陰《かげ》では皆、噂《うわさ》をするのだ。

第一王子の有能さと、第二王子の未熟さを。

「すみません、アップル様」

腕に掛かったベンジャミンの手をそっと離し、ラビィはフロアの壁《かべ》沿いを急いで移動する。

その時、目の端《はし》に立ち上がる王妃の姿が見えた。

王に向かって何事か告げ、そのまま退場する彼女。まさかとは思うが、傷ついているオクタヴィアンをさらに追い詰《つ》めようとしていないだろうか。

「……っ」

扉《とびら》を開けて廊下《ろうか》に飛び出したが、既《すで》にそこにオクタヴィアンの姿はない。

それでも必死に辺りを捜《さが》すと、微《かす》かに女性の声が聞こえた気がした。辺りに人影《ひとかげ》はなく、ラビィはその声をたどるように足を進めていく。

「！」

そして、ようやくその声の主を見つけた。いや、それだけではなく、捜していたあの細い背中も。

「クリストフェルに後れを取るなど、あなたは母を苦しめたいのですか？」

大勢の取り巻きと召《め》し使いと、騎士《きし》達に囲まれた王妃《おうひ》の姿と、少し離れた場所で一人きりで立っているオクタヴィアン。

「……母上、僕は……」

「口さがない者達は噂を広めていくでしょう。王妃の血筋は大したことがない、やはり二番目の王子はただの予備でしかないのだと。母は苦しくて、胸が張り裂《さ》けそう。すべて愚《おろ》かなお前の失態のせいですよ、オクタヴィアン」

これは、暴力だ。言葉による暴力としか思えなかった。すべてが完璧《かんぺき》な第一王子と対峙《たいじ》するために、必死に立っているオクタヴィアンを、言葉という刃《やいば》で薄《うす》く、幾度《いくど》も切り裂いている。

原作にはこんな描写《びょうしゃ》はなかった。ラビィは残酷《ざんこく》な現実を目《ま》の当たりにし、その場に足が張り付いて動けなかった。

「ラビィ」

「！」

不意に名前を呼ばれ、大きく肩《かた》を揺《ゆ》らして振《ふ》り返る。

「……セザール様……」

「お前が出ていくのが見えた。……王子殿下《でんか》を心配したのか？」

はっとして辺りを見回すが、既にオクタヴィアンや王妃の姿はない。

「ラビィ」

「……」

周りとは違《ちが》う行動をしたラビィを気にかけ、後を追ってくれたらしい。自分には後を追ってきてくれる人がいたのに、オクタヴィアンには誰《だれ》もいなかった。

「……ごめんなさい……」

思わず零《こぼ》れた謝罪の言葉が誰に向けられたものなのか、その時のラビィにはわからなかった。

第六検証　近づく推しとの距離《きょり》と、物語の強制力について

翌日からオクタヴィアンは学校に来なかった。

担任は身体《からだ》の不調だと説明した。そのせいでダンスを失敗したという流れにするのだろうが、あの日学院祭に出たクラスメイト達は別の理由をちゃんと知っている。

彼の取り巻きであるニコラス達も、険しい表情で何事か話している。

とにかく、学院祭以来、妙《みょう》な緊張感《きんちょうかん》がAクラスに漂《ただよ》っていた。

「……第一王子殿下のダンスは完璧だったな」

社交界とは無縁《むえん》の平民であるラビィと、下位貴族のベンジャミンは、その雰囲気《ふんいき》から逃《のが》れるように教室から出ていた。無意識に向かったのはあの東屋《あずまや》だ。

「……そうですね」

あの後、弟のフォローなのか、クリストフェルは何人かの女生徒とダンスを踊《おど》った。華《はな》やかな彼のダンスはやはり華やかで、とても盛り上がっていた。

ただ、そうなるとオクタヴィアンとの違いが明確に浮《う》き彫《ぼ》りになってしまった。

オクタヴィアンは異母兄《いぼけい》以上の結果を出そうとして失敗したのだ。その事実は、たとえ王妃が捻《ね》じ曲げようとしても変わらない。

視界の中に東屋が入ってきたが、そこにオクタヴィアンの姿はない。わかっていたはずなのに、ラビィの口から溜《た》め息が漏《も》れた。

「……いつまでお休みでしょうか」

「……さあな」

「……ずっとお休みってことはないですよね？」

いくら高等部は社交が主だと言っても、きちんと授業はあるので出席しなければならないはずだ。

「王妃様と共に、別荘《べっそう》に静養しに行かれていると発表されただろう。……私たちはそれを信じることしかできない」

「……そうですね」

先日の学院祭のことを考えると、もう一つ面白《おもしろ》くないことまで付随《ふずい》して思い出して自然に眉《まゆ》が寄った。

オクタヴィアンを追った後、ラファイエットに促《うなが》されてホールに戻ることになった。新入生は一度は必ず踊らなければならないからだ。

そして、気もそぞろに何とかダンスを踊り終え、ラファイエットに改めて礼を言おうとしたラビィは、大勢の女生徒達に囲まれている彼を見つけた。

今回、裏方に回っていた彼がダンスに誘《さそ》うことはないはずなのに、結婚《けっこん》相手としては最高条件の彼に近づくチャンスだと積極的にアプローチされていたのだ。

さすが我が推しだと思ったものの、嬉《うれ》しさはすぐに萎《しぼ》んで胸が痛くなってしまった。貴族令《れい》嬢《じょう》らしからぬ積極的な彼女達を、なぜか羨《うらや》ましくも思ってしまったのだ。

そこまでつられて思い出したラビィは首を振る。今は不可解な自分の気持ちに蓋《ふた》をした。

（それにしても……これが物語の強制力ってやつなのかな）

あれだけ練習したダンスを失敗し、距離が縮まったかと思った王子二人の仲は一夜にして悪化した。どんなに周りの行動が変化しても、結局同じストーリーになるというのは、こういった話ではよくあることだった。

そう考えるなら、次に起こるのは技能大会での事件だ。

王族観覧の魔法《まほう》、剣術《けんじゅつ》を競う学院内の大会で、対象は全学年。決勝は魔力量も多く、剣技にも優《すぐ》れたラファイエットとクリストフェルだ。

そこで起こる事件は、ラビィにとって嬉しくないイベントだ。

ラファイエットとクリストフェルが本気の打ち合いをして、ラファイエットが傷を負ってしまうのだ。クリストフェルの存在を王妃《おうひ》が脅威《きょうい》に思う大事なイベントだが、ラビィにはまったく嬉しくないイベントだった。

「……アップル様」

「なんだ」

「……技能大会……中止にはならないですよね？」

唐突《とうとつ》な質問だったが、ベンジャミンは迷わず答えてくれた。

「当たり前だろう。卒業生の就職にも関《かか》わるものだ。それに王家が主催《しゅさい》しているも同然だしな。お前も魔力《まりょく》のコントロールを完璧にマスターしろ。平民が魔法師団に入れるかもしれないんだぞ、大出世だ」

「はぁ」

思わず気の抜《ぬ》けた返事をしながら、ラビィは東屋に目を向ける。あの場所で静かなお茶会をしたのが遠い昔のように思えた。


学院祭のダンス問題を引きずったまま、時間は着実に進んでいく。

オクタヴィアンはまだ学校に現れず、そんな彼を気にしながらもラビィは技能大会に向けた個人練習を始めていた。

「……お願いします」

頭を下げた先にいるのはラファイエットだ。

技能大会にまったく興味がなかったラビィだったが、その魔力量と使い方を高く評価してくれていたラファイエットが、指導をしてくれることになったのだ。

申し訳なくてたまらないが、一方ではもちろん嬉しかった。推しを独り占《じ》めしている気分で、わーっと叫《さけ》びたくなる。ただ、頭の片隅《かたすみ》にはオクタヴィアンの去っていく姿が忘れられないままで、ラビィは自分でもわからない複雑な感情を持て余している状態だった。

「コントロールはずいぶん良くなっている。技能大会にも間に合うはずだ」

そう言いながら、学院内の訓練場に向かう時、ラファイエットは当然のようにエスコートをしてくれる。もちろんそれは女性に対するようなものとは違うが、さりげなく手を取ってくれたり、優《やさ》しく背を押して促してくれたりするのだ。

そして、実際の魔力操作では、両手で腹と背中を押さえ、魔力の流れを確認《かくにん》してくれる。これが少し、いや、かなり恥《は》ずかしい。

体勢的に密着しているので、どうしてもラファイエットの存在を意識するのだ。

「流れはわかるな？」

「は、はい」

これも何度もしているので、そろそろ省略してもいいと思う。ただ、前世で絶賛していた見《み》惚《と》れるほど綺麗《きれい》な顔を間近で見ることができるこの機会を逃すのも惜《お》しい。

（ホント……困る）

魔力の流れを確認した後、ラビィはさっそく自身の得意な火魔法を操作した。小さな明かりから、大きな火柱のようなものまで、今ではかなり自在に操《あやつ》れるようになった。

ただし。

「私に向けて放ってみろ」

「……できません」

「……ラビィ」

攻撃《こうげき》として有効な火魔法を、どうしても操ることができなかった。平和で安全な日本で生きた記憶《きおく》がどうしても邪魔《じゃま》をして、他人を傷つけることができないのだ。

せっかく自在に操ることができる魔法でも、根本から意識が変えられない以上技能大会で使えそうにない。

「……すみません」

落ち込んだラビィは深く頭を下げる。すると、ラファイエットは意外なことを言った。

「いいんじゃないか」

「……え？」

てっきり、もっと気持ちを強く持てとか、練習時間を増やしてみようとか言われると思っていたのに、ラファイエットは攻撃できないラビィを認めてくれた。

「火魔法で攻撃しないなんて、お前らしい」

そう言って笑《え》みを浮かべたラファイエットは、呆然《ぼうぜん》と立ち尽《つ》くすラビィの頰《ほお》を軽く撫《な》でた。

「お前に攻撃魔法は似合わないしな」

水魔法と光魔法をもっと鍛《きた》えて、ヒーリングの力を強めようとアドバイスされ、ラビィは何度も首を縦に振《ふ》った。

（……優しいっ、……ホントッ、さすが我が推しっ）

もう、何度目になるかわからない賛美を送り、貴重な笑みを浮かべる彼をじっと見つめる。

（こんなに幸せでいいんだろうか……）

原作やIFストーリーでも、ラファイエットはあまり笑わず、クリストフェルの周囲を常に警戒《けいかい》するクールな性格が多かった。その彼が友情に厚いのが良くて、ラビィも理想の親友だと憧《あこが》れていた。しかし、実際のラファイエットは普段《ふだん》からとても優しいし、小さな笑みも見せてくれる。おこがましいが、弟のように思ってくれているのかと考えることもあったが、それにしてはエスコートしてくれる手が優しく、一瞬《いっしゅん》好意を持たれているのかと勘違《かんちが》いしそうになるほどだった。

物語の中の存在ではなく、実際目の前で生きている彼と接して生まれた憧れ以上の感情。でも、その想《おも》いは推しに対する想いだと、ラビィは自身に言い聞かせる。

そうでなくても、前世から今まで、同性に対して特別な感情を持ったことがないので、気の

RUBY INFORMATION

March 2024 3

『寵愛の花は後宮で甘く香る』
イラスト／みずかねりょう

公式HP https://ruby.kadokawa.co.jp/　X(Twitter) https://twitter.com/rubybunko
〒102-8177 東京都千代田区富士見2-13-3　発行:株式会社KADOKAWA

私に恋をしろ。
誰が禁じようとも、私が許す――。
不屈の王×香りで本性を見抜く異能の青年。
陰謀渦巻く後宮に咲く真実の恋!

寵愛の花は後宮で甘く香る

市川《いちかわ》紗弓《さゆみ》　イラスト／みずかねりょう

「人の本性を香りで嗅ぎ分ける能力」を持つ思羽は、幼い頃、冷遇されていた王子・銀耀を推挙したことで不興を買い、迫害されてきた。しかし、数年後、銀耀が即位して立場は一転。王宮からお迎えがきて…!?

好評既刊　『片羽の妖精の愛され婚』イラスト／街子マドカ
『竜人皇帝の溺愛花嫁』イラスト／古澤エノ
『金豹王と子育て幸せレシピ』イラスト／みろくことこ

…生者のモブ。
…る!

…から愛されルートに入…

ちーこ
chi-c…

…ァイエットの通う王立学院の下級…
…失明する未来を知っている僕は、…

…恋を知る』イラスト／睦月ムンク
…スト／北沢きょう
…愛になるまで』イラスト／北沢きょう

…格フ…

…いうものだ。

朝陽《あさひ》天満《てんま》
イラスト／たかはしツツジ

追放された騎士である敏腕冒険者×上級学校の卒業を目指す秘匿の王子

フォルトゥナ国の先代国王の御子という出自を隠して上級学園に通う冒険者のルヴイは、追放された騎士でパーティーの相棒であるボルトと永遠の愛を誓いあった。だがフォルトゥナ国側にルヴイの生存がバレてしまい!?

単行本／B6判／
定価1,540円(本体1,400円+税)
※2024年3月現在の定価です。

攻：ボルト
腕の立つゴールドランクの冒険者。明るく穏やかな性格だが、国を追われた元騎士という過去が…？

せいだと考えた。

さすが我が推しは凄《すご》い……結局話を強引《ごういん》にそこに戻《もど》してしまう。

（もうすぐ、メインイベントがくるよな……）

技能大会が終われば、間もなくあの不幸な事件が起こる成人の宴《うたげ》が開かれるのだ。

こんなに優しいラファイエットを、むざむざ傷つける事件を見逃《みのが》していいのだろうか。

やがて「傷物公爵《こうしやく》」と言われる彼にしていいのだろうか。

唯一《ゆいいつ》この舞台《ぶたい》の未来を知るラビィは、ここ最近何度も自分に問いかけてきた。

これまで、いくつかのエピソードが変わり、話の流れも変化しそうになった。その原因を、ラビィが作ってしまったものもある。しかし、結局学院祭のダンスではオクタヴィアンが原作の通り失敗して、二人の王子の関係は再び悪くなってしまった。

きっと、技能大会でラファイエットは怪我《けが》をし、成人の宴で失明寸前になってしまう。

物語を変えることなど今までも考えたこともないが、推しのラファイエットが傷つくのがわかって黙《だま》っていることはなかなか難しい。いや、むしろ今ならば、ラファイエットが傷つくのを防げるのではないかとさえ思う。

「……落ち込むことはない、ラビィ。今からでもきっと間に合う」

「……セザール様」

「それと」

ラファイエットは軽くラビィの頬を摘《つ》まんだ。

「いつまで家名で呼ぶ気だ？　いい加減、名前で呼んでくれてもいいと思うが」

「え？　な、名前、ですか？」

「セザールは父とお祖父《じい》様に対してでいい。私は、その……もっとお前と近しいだろう？」

そう言うラファイエットの涼《すず》やかな目元が少しだけ赤く染まっているのは気のせいだろうか。

レア過ぎるその表情に、自分まで顔が熱くなってしまった。

(綺麗なエメラルド色の目がキラキラして……僕を殺す気ですかっ、ラファイエット！)

心の中ではずっと呼んでいたその名前を口にするのが許されるなんて考えもしなかった。それほど彼が自分のことを親しく思ってくれていることが嬉《うれ》しくてたまらない。

(推しが傷つくとこなんて、誰《だれ》だって見たくないよ……)

原作を変えることにまだ躊躇《ためら》いはあるが、あの話は幾《いく》つものIFストーリーがあった。ふと、今自分が生きている世界も、そのIFの中の一つだと思えば、ラファイエットが傷つかず、第二王子も傷つかない話があってもいいのではないかと思いつく。

「ほら、今度は水魔法だ」

「は、はい、セザール様」

「……違《ちが》う」

少し拗《す》ねた表情が彼を年相応に見せる。

「……ラ、ラファイエット、様」

そんな彼を喜ばせたくて思い切って名前を呼んだが、何度も心の中で呼んでいるくせに、いざ声に出すと変にぎこちないのが恥ずかしかった。

しかし、頷《うなず》いてくれた目の前の表情は、先ほどよりももっと優しい表情になっている。

（もっと早く名前を呼べばよかった……っ）

心の中で悶《もだ》えながら、ラビィはさっそく水魔法の訓練を始めた。


技能大会を三日後に控《ひか》えたその日、久しぶりにオクタヴィアンが登校してきた。約ふた月ぶりの登校だ。

（……痩《や》せた？）

もともと細身だった彼は、一回り細くなったように見えた。いや、そればかりでなく、その表情ががらりと変わっている。

ラビィと言葉を交《か》わすようになって、無表情だったオクタヴィアンは少しずつ感情が表情に出るようになっていた。もともと綺麗な顔立ちの彼は、少しでも笑んだりするととても可愛《かわい》くて、庇護欲《ひごよく》をそそる風情《ふぜい》だった。

ようやく変化しかけていたその表情は、元の人形のような無表情に戻っていた。いや、そればかりでなく、その瞳《ひとみ》には暗い絶望と嫉妬《しっと》が色濃《いろこ》く表れている。

数歩彼に近づいたラビィには一瞥《いちべつ》もなく、オクタヴィアンは自身の席へと進んだ。その周りにはいつもの取り巻きがいて、ニコラスなどラビィをわざわざ振り返ってにやりと笑っていた。

ふた月もの間、王妃《おうひ》と共に隔離《かくり》された場所にいたせいなのか、オクタヴィアンからは負のオーラしか見えない。

「……雰囲気《ふんいき》が変わられたな」

ベンジャミンの呟《つぶや》きに、ラビィは頷くこともできない。

(やっぱり……これって物語の強制力……？)

歩み寄りなどなく、二人の王子は対立していなければならない——。

(ど、どうしよう……)

一人焦《あせ》るラビィは、居てもたってもいられずにラファイエットの姿を探す。しかし、上級生の彼が今どこにいるのかまったくわからなかった。

「どうしよ……あ、総会室っ、あそこにいるかもしれないっ」

最上級生は既《すで》に授業はなく、学院内の雑事などを総会室ですることが多いと聞いたことがあった。あそこに行けば彼に会えるかもしれない。

とっさに踏《ふ》み出したものの、総会室がある棟《むね》まで来た時に足が止まってしまった。あまりにも様子が変わったオクタヴィアンに驚《おどろ》き、勢いのままここまで来たが、モブの自分などが口を出していい問題なのかどうかわからなくなってきたからだ。

そもそも、オクタヴィアンのことをラファイエットに相談するのも何か違《ちが》う気がする。動転したあまり、何も考えずに行動してしまったことをいまさらながら後悔《こうかい》した。

どちらにせよ、もう少し落ち着いて考えたい。ここまでラファイエットに会わなかったのが幸いだと思い、ラビィは落ち着くために深い息を吐いた。

「どうしたんだい、こんなところに」

「！」

しかし、その背後から突然《とつぜん》声が掛《か》かった。柔《やわ》らかいその声音《こわね》は、もう何度も聞いたことがある人物のものだ。ラファイエットがいるのなら、彼もここにいる可能性があったことに気づいたのはたった今だった。

「ラビィ」

今度は名前を呼ばれた。さすがに人違いだと無視することもできないので、渋々《しぶしぶ》振り返り頭を下げた。

「ごきげんよう、第一王子殿下《でんか》」

「ライから話を聞いているせいか、久しぶりの気がしないな」

「……っ」

自分がいないところでも気にしてもらえていると聞き、ラビィの頰《ほお》は無意識のうちに緩《ゆる》んだらしい。近づいてきたクリストフェルがくすりと笑った。

「わかりやすいね、君は」

「……っ、す、すみませんっ」

「とても好ましいから謝罪する必要はないよ」

口調も、そして表情もとても穏《おだ》やかで、いつもとまったく変わった様子を見せないクリストフェル。もしかしたら彼は、あのオクタヴィアンにまだ会っていないのだろうか。

「あ、あの」

「ん？」

「あの……オク……第二王子殿下に、その……」

様子が変わっていたと伝えてもいいのかどうかわからずに口ごもると、直《す》ぐ側《そば》まで来たクリストフェルに頭を撫《な》でられてしまった。

「君は気づいて、気遣《きづか》ってくれているんだな」

「い、いいえ、あの、僕は……」

今の言葉から、彼もオクタヴィアンの変化に気づいていることはわかった。ただ、その上でという話になると、どちらも言葉が出てこない。

来るべきじゃなかったかもしれない。短絡《たんらく》的な自身の行動を後悔していると、

「ラビィ？」

少し驚いた声と共に、足早に近づいてきたのはラファイエットだ。どうやら彼はクリストフエルと一緒《いっしょ》にいたらしい。ラビィと、その頭に手を乗せているクリストフェルを見たラファイエットは、眉間《みけん》に皺《しわ》を寄せながら大股《おおまた》に近づいてきたかと思うと、素早《すばや》く頭からクリストフェルの手を除《の》けてくれた。

気分を害していないかと恐《おそ》る恐る顔を上げてクリストフェルを見たが、彼は面白《おもしろ》そうに目を細めている。

「お前らしくなくて面白い」

「……」

ラファイエットに向かってからかうように言うと、今度はラビィに視線を向けてきた。

「あの子を気遣ってくれて感謝するよ」

そう言い残し、クリストフェルはその場から立ち去っていく。

「どうしたんだ？」

後から来たラファイエットは事情がわからないのだろう、ラビィに訊《たず》ねてくる。しかし、ラビィも何て言っていいのかわからない。

「あの、何でもありません」

小さな声で言って俯《うつむ》くと、頭に大きな手が触《ふ》れるのがわかった。優《やさ》しく髪《かみ》を撫でられると、まるで慰《なぐさ》められている気分だ。

(……オクタヴィアンも、誰《だれ》かに頭を撫でてもらえていたらいいのに……)

王妃はもちろん、あの取り巻き達がそんなことをするようにはとても思えない。

触れる手の温かさにじんわりと胸が温かくなりながらも、ラビィは一人きりだろうオクタヴィアンのことを思って胸が苦しくなった。


オクタヴィアンに声を掛けることができないまま、技能大会当日になってしまった。

大会と銘《めい》打《う》っているものの、観客は王族だけだ。全校生徒は魔法《まほう》部門と剣術《けんじゅつ》部門に分かれ、それぞれ己《おのれ》の技術を披露《ひろう》することになっている。

ラビィはもちろん魔法部門だ。ラファイエットと訓練した水魔法が何とか形になったので一安心だったが、ベンジャミンは朝から暗い顔をしていた。

「どうして学問部門がないんだ……」

「アップル様……」

剣術はともかく、魔力はそこそこあるというのに、ベンジャミンが一番得意なのが勉強なので、今回の大会はまったくやる気が起きないらしい。

それもベンジャミンらしくて微笑《ほほえ》ましいが、よりによって彼が選んだのが剣術部門だと聞いて驚いてしまった。ベンジャミン曰《いわ》く、

「早々に負けて休める」

らしい。本当にやる気がないのだなと思う。

しかし、やる気がないのはベンジャミンだけではなかった。女生徒の多くは見学に回っており、出場するのはほんの一握《ひとにぎ》りだ。女生徒達は結婚《けっこん》相手を吟味《ぎんみ》するという気楽な立場だが、実際この場で婚約《こんやく》者候補を決めるのが多いと聞いた。ラビィにはあまり関係ない話だ。

「あ、呼ばれた」

剣術部門で番号を呼ばれたベンジャミンが向かって行く。

「頑張《がんば》ってください」

「だから、頑張りたくないんだ」

重い足取りで向かう彼にエールを送っていると、魔法部門で登録していたラビィの番号も呼ばれた。

実際に剣を交える剣術部門とは違《ちが》い、魔法部門は準々決勝まではポイントの高さで決める。魔法の威力《いりょく》、質、構成が主らしい。

(僕も、早々に負けよう……)

いや、こんなもやもやを抱《かか》えた状態で勝てる気がしない。

予想通り、一回戦で負けたラビィは、そのまま剣術部門の会場にやってきた。静かな戦いだった魔法部門とは違い、こちらはかなり盛り上がっている。

ベンジャミンの姿を探して辺りを見回したが、この多さではなかなか見つからなかった。初めから待ち合わせ場所を決めておけば良かったと思いつつ、ラビィは会場の端《はし》の目立たない場所に腰《こし》を下ろした。

(決勝はラファイエットとクリストフェル)

原作ではこの二人が決勝で戦う。試合でのクリストフェルの人気とその強さに危機感を抱《いだ》いた王妃《おうひ》が、いよいよ本腰《ほんごし》を入れて排除《はいじょ》に向かう重要なイベントだ。

学生同士の試合なので致命傷《ちめいしょう》を負うようなことにならないようにきちんとルールはできていた。

魔法部門に関しては、魔法構築を解除されれば負け。剣術部門は武器が手を離《はな》れるか、まいったと宣言すれば負けだ。どちらにも、念のため治癒《ちゆ》師が待機している。

誰だって怪我《けが》をしたくないので、己の身が危ないとなると負けを宣言する。

大方の予想で決勝はラファイエットとクリストフェルだと言われているのも原作の通りだ。

ラビィもラファイエットの雄姿《ゆうし》を楽しみにしていたが、決勝戦が近づくにつれて妙《みょう》に落ち着かない気分になっていた。原作は、ここでは二人の戦う力が増しているというような形だけで終わっているが、学院祭で見たあの王妃が手をこまねいているとはとても思えなかった。

ラファイエットの怪我だけで終わるのだろうか。

ただの考え過ぎではないかと思ったが、どうしても気になったラビィは注意深くステージを見る。ちょうど試合が終わり、次の準備をするために係の者が魔法陣《まほうじん》の確認《かくにん》をしているところだ。それは致命傷を負うようなことがあった場合、即座《そくざ》に治癒する魔法陣だと前もって説明があった。

(魔法陣……)

そういえば、クリストフェルが教室に閉じ込められた時も魔法陣が使われた。王妃の母国は魔法に特化した国だ。

そこまで考えて、ラビィはゾクリとした。そして、目を凝《こ》らしてステージを見る。

魔法陣を解除するには、仕掛《しか》けた者よりも大きな魔力を必要とするが、登場人物ではないせいか、ラビィにその魔法陣は見えない。この時点で、もしかしたら事前に仕掛けられているかもしれない別の魔法陣を解除することはできない。

今のラビィにできることとしたら、ラファイエットとクリストフェルに、いや、どちらかに、会場に別の魔法陣が仕掛けられている可能性を告げることだ。ラファイエットはきっと、クリストフェルもおそらく、ラビィの言葉に耳を傾《かたむ》けてくれるだろう。

ラビィでもその可能性に気づいたのだ、あの二人もそこに行きついていてもおかしくない。もしかしたら、もう対応はしているかも……そう思うが、不安はどんどん膨《ふく》らんでいった。

こうしている間にも、試合はどんどん進んでいく。人気者二人の決勝戦になりそうだと、周りも興奮している状況《じょうきょう》だ。

(どうしよ……どうしたら……)

「……っ」

考えている暇《ひま》はない。立ち上がったラビィは控《ひか》え室へと向かった。剣術部門だけあって、自分よりはるかに立派な体軀《たいく》をした者達ばかりとすれ違っていると、

「ラビィ?」

一際《ひときわ》細い人物に声を掛《か》けられた。

「ラファイエット様はどこですかっ?」

ラビィの剣幕《けんまく》に驚《おどろ》いたベンジャミンが、訝《いぶか》し気な表情のまま後ろを指さした。

「決勝に向かっているが」

「!」

どうやら間に合わなかったらしい。ラビィは舌を打ち、そのまま会場に戻《もど》ろうとした。しかし、後ろから伸《の》びてきた手に腕《うで》を摑《つか》まれる。

「ちょっ」

「見物席からは遠いだろう。こっちだ」

そう言って、ベンジャミンが出場者の人垣《ひとがき》を割って進んだ先は、試合会場の舞台袖《ぶたいそで》だった。

出場者はこの距離《きょり》で見学できるらしい。

既《すで》に会場では決勝進出者の名前がコールされていた。もちろん、ラファイエットとクリストフェルだ。

簡易武装した二人の手には、それぞれ長剣《ちょうけん》が握《にぎ》られている。

「始めっ」

合図とともに決勝戦が始まった。

攻防《こうぼう》は一進一退で、どちらが優勢とはないように見えた。

「ど、どっちが強い？」

無意識に摑んだベンジャミンの腕を揺《ゆ》すれば、彼は冷静に答えてくれる。

「力はセザール様だが、王子殿下《でんか》は綺麗《きれい》にかわしている。相反するお二人だから、どちらが強いとは言えないな」

「！」

二人が纏《まと》う魔力が増大した。物語では、ここでクリストフェルの剣がラファイエットの剣を弾《はじ》き飛ばし、その切っ先で腕を傷つけてしまう。ラファイエットがまいったと言って、試合は終わるはずだった。

だが、なぜか二人の打ち合いは拮抗《きっこう》していて、なかなか勝負がつかない。

(どうして？　ラファイエットが原作より強くなってるってこと？)

「あっ！」

その時だ。ラファイエットの薙《な》ぎ払《はら》った剣先がクリストフェルの手を掠《かす》った。そのまま地面に手を突《つ》き、体勢を整えたクリストフェルだが……不自然に動きが止まる。

その場に棒立ちになってしまったクリストフェルに、会場のざわめきが大きくなった。

「セザールっ、止《や》めろっ！」

審判役《しんぱんやく》の教師が叫《さけ》ぶと同時に、ラファイエットの剣がクリストフェルの心臓めがけて振《ふ》り下ろされる瞬間《しゅんかん》。

「ラファイエット！」

思わず叫んだラビィの目の前、ラファイエットの全身が光ったかと思うと、剣の動きが変わった。次の場面では、切っ先がラファイエットの腕に突《つ》き刺《さ》さっていた。

「……ぐず……ずびっ」

「……そんなに泣くな」

救護室のベッドに横たわったラファイエットが、珍《めずら》しく困ったような表情になっている。すぐに泣き止もうと呼吸を深くしたが、目からはとめどなく涙《なみだ》が溢《あふ》れていた。

「痛い、ですか……痛いですよね……ぼ、ぼく……」

「治癒していただいて痛みはない。少し血が流れたせいで身体《からだ》が重いだけだ。ほら、お前の方が真っ青な顔をしているぞ」

あれから、ラファイエットはすぐに救護室に運ばれ、治癒魔法《まほう》をかけられた。見る間に傷は治っていったが、その途中《とちゆう》で証拠《しようこ》の為《ため》に完全には治さないでほしいと言ったのまで原作通りで、ラビィはまた悲しくなって泣いてしまった。

彼が運ばれる時、彼は目が合ったラビィを呼んでくれた。公爵家《こうしやく》が後見している者だからと、こうして側《そば》にいる許可も取ってくれた。何もできなかったくせに、泣いてばかりの自分がさらに情けなくて涙が止まらない。

「お前の試合はどうだった？」

「……い、一回戦で、ま、負けま、じだっ」

しゃくりあげながらなんとか答えると、ラファイエットは傷ついていない方の手を伸ばし、ラビィの頬《ほお》を軽く撫《な》でてくれた。

「残念だったな」

「……ご、ごめんなざ……」

（ごめんなさい、ごめんなさい……っ）

ベッドに横たわる彼に、心の中で何度も何度も謝った。この怪我を未然に防ぐこともできたかもしれないのに、行動するのが遅《おそ》くなってしまった。

「ラビィ……」

見ているることが、こんなにも苦しいことだったなんて、ラファイエットが傷ついてから思い知るなんて馬鹿《ばか》すぎる。

治癒魔法《まほう》で簡単に治るのだから治せばいいのにと、原作を読んでいた時簡単に言っていた自分に文句を言いたい。傷を治せても、その時の恐怖《きょうふ》と痛みまで消えるはずがないのだ。

空想と現実。

今までのラビィにとって、この世界は空想のものだという意識の方が強かった。大好きな推しと親しくなって、大好きな物語の世界に生きることができて、魔法が使えて、本当に楽しいと思うことが多かった。

しかし、ここは今のラビィにとって現実の世界だ。見たくないからと本を閉じることはできない。

不意に、ノックの音がした。ドアを開いて入ってきたのはクリストフェルだ。

あの後彼はラファイエットに付き添《そ》わず、そのまま現場に残っていたのだ。

「やはり、魔法陣《まほうじん》が仕掛けられていた」

クリストフェルも、突然《とつぜん》わが身に起きた異変を不審《ふしん》に思い、会場周辺をくまなく探索《たんさく》したらしい。そして、彼の闇《やみ》属性の魔力に引っかかるものがあり、それを魔法師団の師長に鑑定《かんてい》してもらい、魔法陣の魔力の欠片《かけら》を確認したと説明してくれた。

「既に魔法陣は発動していたので、残った欠片は僅《わず》かなものだったよ。それでも、学院側が準備していたものではないし……面白《おもしろ》いことがわかってね」

そう言って、クリストフェルはちらりとラビィを見る。もしかしたら、部外者には聞かせられない話なのかもしれない。そう感じ、慌《あわ》てて椅子《いす》から立ち上がった。

「ず、ずみばぜん」

泣き過ぎて鼻が詰《つ》まってしまい、情けない声になってしまった。そもそも、ここに自分がいるのもおかしいと思ったのだが、ベッドから伸びてきた手に腕を掴まれた。

真っ赤な目を丸くするラビィに、ラファイエットは掴む手を緩《ゆる》めないままクリストフェルに告げる。

「ラビィは大丈夫《だいじょうぶ》だ」

「……なるほど」

短い会話なのに、クリストフェルは納得《なっとく》したらしい。座ってと促《うなが》されたが、ラビィは立ちすくんだままその場から動けなかった。

その様子を見て苦笑《くしょう》したクリストフェルが言葉を続ける。

「魔法陣にはそれぞれ特色があるんだよ。幸運にも、残った欠片の中にその特色が残っていた……王妃殿下《おうひでんか》の母国で開発されたものだった」

仕掛《しか》けられていたのは、ある一定の魔力が高まった時点で指定した人物の動きを止め、その者の血が舞台《ぶたい》上に流れるまで相手側の身体が操《あやつ》られるという、一種の催眠《さいみん》状態にする魔法陣だったらしい。

操られたラファイエットが、動けないクリストフェルに剣《けん》を突き立てる——普通《ふつう》ならそうなっていてもおかしくはなかったらしい。

だが。

「クリスとこういった場合を想定していたんだ。予《あらかじ》め精神耐性《たいせい》の魔法陣を服に忍《しの》ばせておいた」

ラファイエットがクリストフェルを傷つける行動をとった瞬間、それが発動してあの光になったという。

それならばなぜ、ラファイエットは自分の腕を傷つけたのだろうか。涙で潤《うる》んだ目で問いかければ、彼は珍しく視線を彷徨《さまよ》わせた。

「明確な事実が欲しかった。私が魔法陣に操られた、その魔法陣に王妃が関《かか》わっていた。セザール公爵家嫡男《ちゃくなん》の身体にはそれだけの価値がある。……すまない、ラビィ……お前をここまで泣かせるとは思わなかった」

「……う……」

やはり、二人は不測の事態を予測し、その対策をしていたのだ。ただおろおろとしていた自分とは違《ちが》う。

涙は止まらないが、これはラファイエットのせいではない。情けない自分のせいだ。

「クリス」

「……証拠としては弱い。穏便《おんびん》にご静養していただくには、もう少し欲しいな」

（ぼ、僕が聞いてもいいのか……？）

言葉を濁《にご》しているものの、クリストフェルが誰《だれ》のことを言っているのかラビィにもわかる。以前から王妃の自分に対する殺意に気づいていたはずのクリストフェルならば、初めから彼女を疑うのは当たり前だ。その中で出てきた有力な物証だが、一国の王妃を表舞台《おもてぶたい》から引きずり下ろすにしては弱いというのもわかる。

しかし、きっとそれだけではないだろう。クリストフェルは弟のオクタヴィアンの心情を思い、その母親を排除《はいじょ》していいのかどうかいまだ迷っているのだ。

『ラビィ、私は彼女のことは、アンの母親だと思っている』

以前、彼はそう答えてくれた。王妃としては失格だと断じても、オクタヴィアンの母親としての彼女をきっぱり切り捨てることはできないのかもしれない。

すべてが完璧《かんぺき》な王子だと思っていたが、彼にもこんな心の弱さがあったのだ。

(本当に、弟思いなんだな……)

そういえば、今日オクタヴィアンの姿は見ていない。

彼はどこで、今回の事故、いや、事件を知るのだろうか。

生気のない人形のようなオクタヴィアンの面影《おもかげ》が脳裏《のうり》を過《よぎ》り、ラビィの目には再び涙が込み上げてきた。

第七検証　モブの立ち位置と、感情の変化について

普段《ふだん》から身体を鍛《きた》えているラファイエットは、技能大会の翌日にはすでに普段通りの生活に戻《もど》ることができた。

さすがに当日は王都の公爵邸《こうしゃくてい》に戻り、両親と先代に無事な姿を見せたらしい。その時何やら込み入った話があったようだが、ラビィは聞かなかったし、ラファイエットも話さなかった。

学院内も、大会決勝戦での事故の話は話題になったものの、それはあくまでもラファイエットとクリストフェル二人の剣術《けんじゅつ》の凄《すご》さと迫力《はくりょく》の話題だった。ラファイエットが自身を傷つけたことも、王子であるクリストフェルの身を慮《おもんぱか》ってのことだと美談になっている。

釈然《しゃくぜん》としないが、端《はた》から見ればそうなのだろう。

ラビィ自身、あの日から気持ちが変化した。

それまでは、原作を変えることへの不安と躊躇《ためら》いが大きかったが、目の前でラファイエットが傷ついたのを見たことで、彼を守りたいという思いが大きく膨《ふく》らんだのだ。

友人思いで、平民のラビィにも真摯《しんし》で優《やさ》しいラファイエット。

前世で読んでいたライトノベルの登場人物としてではなく、現実に生きている彼が傷ついている姿など見たくなかった。たとえ治癒魔法《ちゆまほう》で怪我《けが》は治ったとしても、あの時の衝撃《しょうげき》は絶対に忘れることはできない。

原作の強制力なのか、少しずつ元のストーリーに戻っていくこの先の、一番大きな事件はもう間近にある。

(……オクタヴィアンの成人の宴《うたげ》……絶対に、ラファイエットが傷つくのを防がないと……っ)

この出来事で、クリストフェルが王妃を引きずり下ろすのに本腰《ほんごし》を入れるのだが、その切っ掛《か》けにラファイエットの目が犠牲《ぎせい》になるなんて絶対に嫌《いや》だ。

この世界での成人は十六歳。祝いは一律でその年の秋に行われるのが普通だ。実りある人生をと、秋に設定されたと聞いたことがある。

オクタヴィアンの誕生季は冬なので、本来は来年の秋に宴が行われるはずだが、なぜか今年の秋に前倒《まえだお》しして祝うと入学当初に既《すで》に発表があった。これは、一刻も早くオクタヴィアンを成人王族として迎《むか》え、王位継承《けいしょう》権争いに本格的に乗り出すための、王妃の意向だろう。

(もうひと月もない……)

ラファイエットの安全のためには、彼が欠席するのが一番穏便な方法だと思ったが、既に春には国内貴族に招待状が配られている。今の時点でラファイエットに仮病《けびょう》を騙《かた》らせるのは無理だ。

そもそも、なぜラビィが王妃がクリストフェルに毒を盛ろうとしているのを知っているのか説明のしようがない。前世の記憶《きおく》持ちだなんて、それもこの世界が本に書かれていた物語と同じなどと言っても信じてもらえないだろう。

学院には出てくるようになったものの、取り巻きがっちり囲っているオクタヴィアンに近づくことは無理だし、最近は学院にあまり来なくなったクリストフェルに連絡《れんらく》するのも無理だ。

今の時期、彼は王妃の協力者を探《さぐ》っているので、邪魔《じゃま》もできない。

一か八か、オクタヴィアンがクリストフェルにグラスを渡《わた》そうとするのを直前で阻止《そし》できればと思うが、平民のラビィがそんな宴に出られるはずもない。

残るは、ラファイエットに前世の記憶があることを告白し、その上で宴の時はクリストフェルと二人、飲み物に気をつけてくれとお願いするしかないが——。

(絶対に、信じてもらえない……)

ラファイエットは頭が固い方ではないが、それでもあまりに荒唐無稽《こうとうむけい》な話だ。

ずっとそのことを考えていたせいか、様子がおかしいと思われたらしい。

「悩《なや》みがあるのか？」

昼食の時、すべて食べられず匙《さじ》を置いたラビィに、ベンジャミンが問いかけてきた。

「い、いえ、何でもないです」

「……そんなことはないだろう。食事を残すなんて、お前に一番ありえないことだ」

常日頃《つねひごろ》から勿体《もったい》ない精神で食べ物を残さないようにしていたせいだろうか。ラビィは手元の皿を見下ろし、そこに残った肉の塊《かたまり》を見て溜《た》め息をついた。

（貴重なたんぱく質を残してるなんて……）

改めて小さく切った肉をもそもそと口に運ぶ。考え事が頭から離《はな》れないせいかやはり味はしないが、それでも残ったものはすべて食べきった。

「……アップル様」

「なんだ」

「……アップル様の家も、第二王子殿下《でんか》の成人の宴に出席するんですか？」

すると、ベンジャミンは呆《あき》れたように教えてくれた。

「当たり前だろう。たぶん国内の貴族はすべて出席するんじゃないか？　王妃《おうひ》殿下の国からも賓客《ひんきゃく》がいらっしゃるらしいし」

「……っ」

（王妃の国から？　……だったら、その使者が毒物を運んでくるのか？）

王宮内の警備は厳重で、特に厨房《ちゅうぼう》は不測の事態に備えて様々な防衛の魔法陣《まほうじん》で囲まれている。そこに毒薬など持ち込めないが、国外からの賓客という立場ならどうだろうか。

（う～……誰《だれ》かに相談したい……っ）

いろいろ考え過ぎて頭がパンクしそうだ。

うんうん唸《うな》るしかないラビィをしばらく見ていたベンジャミンが、お茶を一口飲んでからきっぱりと言い切った。

「セザール様に相談しろ」

「え――……」

「セザール公爵家《こうしやく》はお前の後見だろう。それに、お前ひとりで考えても碌《ろく》なことにならない気がする」

そこまで言われると、少しばかり反抗《はんこう》したくなった。

「……アップル様は相談に乗ってくださらないんですか？」

「無理だ」

即答《そくとう》に、落ち込むよりもおかしくなってしまった。

ベンジャミンは己《おのれ》をちゃんと理解していて、無理な手は伸《の》ばさないのだろう。それも彼らしかった。

ベンジャミンに言われたからではないが、ラビィは思い切ってラファイエットに会うことにした。すべてを話す決心はまだないが、彼に会いたかった。

放課後、さすがに彼の自室に押しかけはせず、まずは総会室を訪ねてみる。他にも誰かいるかもしれないと、ドアの前に立ってから緊張《きんちょう》したが、逡巡《しゅんじゅん》している間に中からドアが開いた。

「どうした？」

少し目元を和《やわ》らげて声を掛けてくれたのはラファイエットだ。彼の向こうに人影《ひとかげ》はなかったが、仕事の邪魔ではないかとおずおず訊《たず》ねてみる。

「あ、あの、お仕事……」

「ちょうど休憩《きゅうけい》したところだ。誰もいないからどうぞ」

大きく開かれたドアの向こう、テーブルにはぶ厚めの書類の束がある。これはやはり、邪魔をしてしまったようだ。

「す、すみません、また……」

「一人で寂《さび》しかったんだ、話し相手になってくれ」

とてもラファイエットらしからぬ言葉だが、ラビィの遠慮《えんりょ》を見抜《みぬ》いて言ってくれたのだろう。

その好意を振《ふ》りほどくわけもなく、ラビィは中へと足を踏《ふ》み入れた。

今までも数回、この中に入ったことがあるが、ラファイエットと二人きりなのは初めてだ。

そのことを改めて自覚すると胸がドキドキしてくる。

「あ、あの、お茶入れます」

「ありがとう」

既に茶が入っているポットは常備されていたので、ラビィはカップに茶を注いでラファイエットに差し出した。

今は不在がちなクリストフェルの代わりに、ラファイエットが学院内の問題を一手に引き受けているのだ。補佐《ほさ》役がいるだろうが、大変だと思う。

（……やっぱり、ラファイエットには言えないよ……）

これ以上彼に気苦労を掛けることはできない。ラビィは頭を下げた。

「勝手に来てすみませんでした」

「……何かあったか？」

カップから手を離したラファイエットが、椅子《いす》から立ち上がってラビィの前に立つ。長身の身体《からだ》を折り、顔を覗《のぞ》き込むように囁《ささや》かれると、かっと頬《ほお》が熱くなった。そういえばこの声も好きだったんだと思い出す。

「な、何もありません」

即座《そくざ》に答えたが、きっとそのまま受け取ってはもらえていないだろう。ラビィは気になっていたもう一つのことを口にした。

「……あの、傷、傷は痛みませんか？」

「大丈夫《だいじょうぶ》だ。治癒《ちゆ》されたと知っているだろう？」

（……完全ではないのに……）

彼の左腕《ひだりうで》には、まだ自らが刺《さ》した剣《けん》の痕《あと》が残っているはずだ。治癒されたと言っても傷が疼《うず》くこともあるのではないかと思うが、ラファイエットはきっぱりと否定した。

「……」

「……」

あまり口数が多くないラファイエットと、話せないラビィ。部屋の中はしばらく静かな時が流れる。

不意に、するりと髪《かみ》が撫《な》でられた。その手はそのまま頬に下り、俯《うつむ》きがちなラビィの顎《あご》をとって上を向かされる。

すぐ目の前にラファイエットの秀麗《しゅうれい》な美貌《びぼう》があって、ラビィは魅入《みい》られたように見つめてしまった。

「……赤い目は治ったんだな？」

安堵《あんど》が籠《こも》った言葉は、初め意味がわからなかった。問いかけるように軽く首を傾《かし》げれば親指で目元を撫でられる。

「あの日……あんなに泣いて……目が溶《と》けるかと思った」

どうやら、技能大会でのことを言っているらしい。あれからもう何日も経《た》ち、とっくに涙《なみだ》の痕など消えているのに、ラファイエットはまだ心配してくれていたのだ。その気持ちが、とても嬉《うれ》しい。

今度は恥《は》ずかしくなって顔を逸《そ》らしたかったが、顎をとる手は解けないままだ。

「ラビィ」

「は、はい」

「……ラビィ」

呼ばれる名前に、特別な色が込められていると思うのは、行き過ぎたファン心理なのだろうか。ゆっくりと綺麗《きれい》な顔が近づいてきて――。

カチャ
「……っつ」

動揺《どうよう》して動かした手が、机に置いていたカップに触《ふ》れて音がした。それと同時にラファイエットの動きが止まり、ラビィは慌《あわ》てて数歩後ずさる。

（い、今……？）

いったい、何をしようとしたのか。自分も、そしてラファイエットも、自身の行動に呆然《ぼうぜん》とした状態だ。

「ラビィ」

緊張した空気を最初に破ったのはラファイエットの方だった。名前を呼び、今度は手を握《にぎ》られる。意外にも温かなそれに、知らず息を吐《は》いた。

「こんなに冷えて……すまない、突然《とつぜん》に」

「い、いえ」

謝られることはまったくない。むしろ嬉しい気持ちの方が大きいくらいだ。

（……嬉しい？）

ただ、どうしてそう思うのか、こういった状況《じょうきょう》に前世も今世も慣れていないラビィには荷が重すぎた。

ここはいったん逃《に》げることを決め、ラビィは握られた手を引く。今度は簡単に離《はな》れてしまった手が、なんだか寂しく思ってしまった。

「お、お仕事、頑張《がんば》ってください」

頭を下げ、失礼しますと部屋を出る。ドアに背をつけてようやく息がつけたラビィは、とぼとぼと教室に向かって歩き始めた。


オクタヴィアンの成人の宴《うたげ》にどう潜入《せんにゅう》するか。

その最大のミッションの鍵《かぎ》は案外簡単に解くことができた。

「え……僕たちも？」

Aクラスの担任から、学友としてクラス全員が招かれたと告げられた。

それでも、本来なら平民のラビィは除外されるはずだろうが、枠《わく》の中に入れてもらえたのはもしかしたらクリストフェルの助言があったのではと感じた。

どちらにせよ、あの場にいることができるのだ。オクタヴィアンが毒杯《どくはい》をクリストフェルに渡《わた》そうとするタイミングもしっかり覚えている。それを阻止《そし》できれば、ラファイエットの目も守ることができるはずだ。

イベントを回避《かいひ》すると決めたものの、ラビィの心中は日によって揺《ゆ》れている。

ラファイエットを助けたい。オクタヴィアンを救いたい。だが、それによって大幅《おおはば》にストーリーが変わってしまうと、いったいどうなってしまうのか。

なんとかその不安を押し殺し、ラビィは宴へ出席するための準備をする。礼服は、学院祭で着た物があるが、王族に対する礼儀《れいぎ》作法が一切《いっさい》わからないのだ。

頼《たよ》りになるベンジャミンに教わろうとしたが、その彼からは先《ま》ずラファイエットに相談するように言われた。ラビィの担当者はあの方だろうと言われて複雑な気分だ。

そうでなくても忙《いそが》しいだろうラファイエットの手を煩《わずら》わせたくなくて、自力で何とかするしかないと覚悟《かくご》したが、そんなラビィの行動を察知したかのように先手を取られてしまう。ベンジャミンがラファイエットに連絡《れんらく》をしていたのだ。

「なぜ私を頼らない」

とりあえず図書館に行って礼儀作法の本を探そうとしたラビィは、廊下《ろうか》で迎《むか》えに来てくれたラファイエットに捕《つか》まり、少しだけ責めるように眉《まゆ》を顰《ひそ》められた。

「え？　あ、あの」

「このまま公爵邸《こうしゃくてい》に行くぞ。外泊《がいはく》の届けはもう出してある」

「が、外泊？　ちょ、ちょっと待ってください、僕はっ」

何がどうなっているのか、わけがわからないラビィはいったん待ってほしいと訴《うった》えたが、ラファイエットに問答無用で馬車に乗せられてしまった。公爵邸に行くのは確定らしい。

そこで、ベンジャミンに頼《たの》まれたのだと淡々《たんたん》と言われた。ベンジャミンがわざわざラファイエットと連絡を取ったことにも驚《おどろ》いたが、すぐさま動いてくれたラファイエットにも驚いた。

後見人として責任があるとはいえ、ここまで面倒《めんどう》を見てくれるなんて過剰《かじょう》サービスだ。

到着《とうちゃく》した公爵邸では既《すで》に執事《しつじ》がスタンバっていて、謁見《えっけん》の挨拶《あいさつ》からディナーのマナーまで、厳しく指導されてしまった。

それだけでもいっぱいいっぱいなのに、

「礼儀作法は一日で習得などできません。本番まで時間もないことですし、このまま宿泊いただいて毎日特訓いたしましょう」

当然のように言われ、ラビィは呆気《あっけ》にとられてしまう。

「え……？　ま、まさか、公爵邸に、ですか？」

「旦那《だんな》様のお許しもいただいております。明日は、大旦那様がご一緒《いっしょ》に朝食をと。部屋は以前使っていただいた客室をご用意しておりますので」

――どうやら、ラビィの知らないところで話はすべてついているらしい。

なんだか身体から力が抜《ぬ》けてしまい、ラビィはそのままテーブルに突《つ》っ伏《ぷ》す。明らかなマナー違反《いはん》だというのに、この時は執事のダメ出しはなかった。

（助かるんだけど……助かったんだけど、なんか……）

ちらりと恨《うら》めし気に目の前に座るラファイエットを見れば、意外にも機嫌《きげん》良さそうな彼がそこにいた。

「……セザール様……」

「違《ちが》うだろう？」

なんと、彼は執事がいるこの場で名前呼びを強要してきた。あまりに高いハードルに、ラビィはますます追《つ》い詰められた気分になる。

それでも――期待するようにじっと待っているその姿が大型犬のようで、結局ラビィの方が根負けしてしまった。

「……その顔は狡《ずる》いです……ラファイエット様」

「狡くなければ、勝手に飛んで行くお前を捕まえることができないだろう？」

そう言って立ち上がったラファイエットが席を回り、ラビィに対して片手を差し出してくる。

エスコートしてくれるのだ、男の自分を。

（……これって、マナー違反とかじゃないの？）

ラビィは執事に視線を向けるが、彼は静かに佇《たたず》んだままだ。

公爵家《こうしやく》嫡男《ちやくなん》のラファイエットにも苦言を言う場面を見たことがあるので、この場合は従っても大丈夫《だいじようぶ》なのだと判断した。

そっと手を置いて立ち上がると、そのままテラスへと誘《さそ》われる。既に月も高くなっており、夜も更《ふ》けたのだとわかった。

「……すみ……ありがとう、ございます。ここまでしていただいて、本当に感謝しています」

思いがけないことばかりで驚いたが、ラファイエットがしてくれることは本当に嬉しい。申し訳なくも思うので謝罪もしたいが、まず伝えたいのは感謝だった。

大好きなライトノベルの、一番推していた登場人物。

冷静沈着《ちんちやく》で、合理的だというイメージがあった彼は、意外にも陰《かげ》で努力を惜《お》しまない人だった。少しでも生徒達の生活が上手《うま》くいくように、そして第一王子のためにも、陰で支える彼に心を動かされた。

すべてが完璧《かんぺき》というわけではなく、ラビィのことでは年相応に感情を見せてくれて、彼も人間だったのだと、物語を読んでいた時とは違い、より深く彼を知ることができたように思う。

だから……こんなふうに、不可解な感情が生まれてしまったのかもしれない。

「ラビィ」

名前を呼ぶ声が優《やさ》しい。

頬《ほお》に触《ふ》れる指先が温かい。

だが、ラビィはまだ素直《すなお》にその感情に流されない。物語の中の名もないモブの自分が、あんなにも人気のあった登場人物にそんな感情を持つなんて、恐《おそ》れ多くてすぐにでも退場したい。

彼にはもっと相応《ふさわ》しい……。

（……やだ）

そのくせ、それも素直に祝福できない。身勝手で子供な自分が嫌《いや》になる。

「……こんなにも、心を揺さぶられる存在に出会えるとは思わなかった」

その言葉の意味を考える間もなく、ゆっくりと彼の顔が近づいてくる。綺麗《きれい》な顔をじっと見つめていると、片手で両目を隠《かく》されてしまい、

「……んっ」

唇《くちびる》に触れたのが何なのか、ラビィは考えることを放棄《ほうき》した。


公爵家での礼儀作法のレッスンは進んだ。

その間、贅沢《ぜいたく》にもラファイエットが送迎《そうげい》を務めてくれて、結果的に彼も公爵家に宿泊するこ

とになった。

この機会だからと、数回忙しい公爵家夫妻、ラファイエットの両親とも夕食を共にする機会があり、さすがにその時は食事が喉《のど》を通らなかった。

高位貴族の主《あるじ》は威厳《いげん》があり、どこかよそよそしかった。自分なんかが一緒に食事をして気分を害されたのではないかと心配したが、どうやらラファイエットに対しても同じ態度らしいと、それとなく彼自身が教えてくれた。

そういえば、以前家族のことを話してくれた時、高位貴族の色味とは違うラファイエットのことを幼いころから疎《うと》み、家族としての関係は希薄《きはく》だと聞いた。それがここまでなのだと、初めて実感した気がする。

反対に、祖父に当たる先代は、常にラファイエットを気にかけている様子だった。ラビィのことも自然に受け入れてくれているし、彼がラファイエットの側《そば》にいてくれて、本当に良かったと思った。

もう一つ、強く実感したことがある。

「第二王子殿下《でんか》か？」

「はい。元気でいらっしゃるでしょうか……学院を休んでおられて心配です」

成人の宴《うたげ》を控《ひか》えた準備の為《ため》か、それとも別の理由があるのか、ここのところずっとオクタヴィアンは学院に来ていない。前も長期静養で休んでいたことがあったので心配だったのだが、

「……お前は、第二王子殿下のことをよく気にするな」

「え？」

そう言ったラファイエットの眉間《みけん》の皺《しわ》は深くなる。

「だって……クラスメイトですし……」

「……第二王子殿下のことは、クリスに任せておけばいい」

きっぱりと言い切られ、それ以上何も言えなくなる。

初めは、クリストフェルのことを心配して、オクタヴィアンを警戒《けいかい》しているがために冷たい口調になるのかと思ったが、どうやらそれは少し違うらしい。

よく観察していると、ラビィがベンジャミンの話をした時も、近所の幼馴染《おさななじ》みの話をした時も、彼の主になるクリストフェルの話題を出した時さえ、同じような表情になるのだ。

いくらこういったことに疎いラビィにもわかった。

ラファイエットは、ラビィが誰《だれ》かの話をすることが嫌なのだ。

まるで妬《や》きもちを焼かれているみたいだと思い至り、そう考えてしまった自分の自惚《うぬぼ》れに赤面する。ラファイエットがラビィの周りに嫉妬《しっと》するはずがないと何度も自分に言い聞かせても、嬉《うれ》しいという気持ちは消えなかった。

本当に、こんなにも幸せな時間を過ごしていいのかと怖《こわ》くも思う。あくまでも自分はこの物語の進行には関係のないモブでなければならないのではないだろうか。

「……どう思いますか？」

「……お前の言っていること自体わからない」

ラファイエットと同じように眉間に皺を作ったベンジャミンはそう切り捨て、腕《うで》を組んでラビィを見据《みす》える。

出会ったころは目立つのを嫌《きら》う、どこか気弱な少年だったはずなのに、いつの間にかこんなにも自己主張するようになったのかとなんだか感慨《かんがい》深い……などと、まったく関係ないことを考えていたのをしっかりと見て取ったらしい。

ベンジャミンは続いて大きな溜《た》め息をついてみせた。

「もぶと言うのが何なのかはわからないが、幸せな時間だと思うのならばそれでいいじゃないか。何の問題がある？」

「だ、だって、モ……平民の僕がセザール様に気遣《きづか》っていただいて……」

「清廉潔白《せいれんけっぱく》なあの方らしいじゃないか。貪欲《どんよく》に甘えるのはいかがなものかと思うが、あの方の方から甘やかしていただけるのなら甘えればいい」

あっさりと言い切られ、ラビィは続きを言えなくなった。

（確かに、甘やかしてくれるのはラファイエットの方だけど……）

それでも、キスまでしてくるのはどういった意味があるのだろうか。

初めてキスして以来、夜ラビィが泊《と》まる客室に送ってくれるラファイエットは、扉《とびら》の前で必ずラビィの頬に触れる。そして、その手はそっと目元を隠すように移動して、唇に柔《やわ》らかな感《かん》触《しょく》があるのだ。

男同士でキスなんてと、前世ならすぐに受け入れられなかったかもしれない。しかし、このラビィの心は、身体《からだ》は、ラファイエットを拒絶《きょぜつ》しないのだ。

推しだからという言葉ですべてを解決するには、ラビィはこの世界でしっかりと生きている。そしてラファイエットも、二次元の存在ではなく、生身の生きている人間だった。

「……はぁ」

目先に大きな事件が控えているのに、こんなに浮《う》かれた状態で良いのかと心配になる。それでも、ベンジャミンの言葉は嬉しかった。彼はラファイエット同様、ラビィの話を平民の世迷言だと一蹴《いっしゅう》しない。きちんと最後まで聞いてくれて、その上で叱《しか》ってくれる存在は貴重だ。

「ありがとうございます。やっぱり、アップル様に相談してよか……」

「ラビィ」

唐突《とうとつ》に、言葉の途中《とちゅう》で止められた。

「それをセザール様の前で言うなよ」

「どうしてですか？」

ベンジャミンが良い人だと伝えることに問題はないはずだ。よくわからなくて首を傾《かし》げると、これ見よがしに大きな溜め息をつかれる。

「……まったく……セザール様がお気の毒だ」

その言葉の意味も、まったくわからなかった。

第八検証　モブの暴走と原作の変化について

オクタヴィアンの成人の宴が開かれる日がきた。

朝から風呂《ふろ》に入らされ、顔馴染《かおなじ》みのメイドに頭の先から足の爪《つめ》まで綺麗《きれい》に洗われてしまった。若い女性に全裸《ぜんら》を見られたばかりか、隅々《すみずみ》まで洗われたことにショックを受けたが、彼女たちはまったくいつもと変わらない。貧弱な身体のせいで男と見られていないのかもしれないと思うと、それもまたショックだった。

ラビィの混乱をよそに、どんどん支度《したく》は整えられていき、夕方には少しは見られた格好になった。着ている礼服が、いつの間にか新調されていることに鈍《にぶ》いラビィは気づかない。

「行こうか」

「は、はい」

「行ってらっしゃいませ」

学生は早めに、招待された貴族達は指定された時間に登城することになっているらしく、公《こう》爵《しゃく》夫妻は馬車の中にいなかった。

ラファイエットと向かい合わせに座ったラビィは、凛々《りり》しい礼服姿の彼をこっそり観察する。どんな時もカッコいいが、今日は特に大人びていた。最近は公爵家で一緒《いっしょ》に過ごすことも多かったが、ふとした所作も綺麗だったし、ラビィを馬車に促《うなが》すエスコートも完璧《かんぺき》だ。

彼は生まれた時から貴族なんだな……ふとそう思った時、ラビィの顔が強張《こわば》った。どう贔屓《ひいき》目《め》に見ても、平民の自分が側《そば》にいていい人物ではない。今この瞬間《しゅんかん》、一緒の馬車に乗るのもおこがましいのではないか。

公爵家を出るまでは、オクタヴィアンの行動をどう防ぐかを考えていたはずなのに、今はただこの馬車から下りたくてたまらなかった。ラファイエットと一緒にいるだけで苦しくなってきたのだ。

「緊張《きんちょう》しているのか？」

ラビィの様子が変わったことに気づいたラファイエットが、席を移動して隣《となり》に腰《こし》を下ろした。今までならば嬉しくてドキドキしたが、今は服が触《ふ》れるだけでも申し訳なくてたまらない。

「ラビィ」

膝《ひざ》の上で固く握《にぎ》り締《し》めていた手を、ラファイエットの大きな手が包み込む。温かいのに、ラビィの心は冷えたままだ。

「私はクリスの側にいなければならないので離《はな》れるが……お前はアップルの側にいるといい」

とても不本意だというように言うラファイエットに、ラビィは強張る頬《ほお》に何とか笑《え》みを浮かべる。

「王城で出るご馳走《ちそう》を堪能《たんのう》します」

「ああ、それがいい」

ラファイエットの目元が緩《ゆる》む。最近、自分だけに向けられるようになったその表情を、ラビィは強く目に焼き付けた。


馬車が王城に着くと、ラファイエットは一度ラビィの頰に触れた後、クリストフェルのもとに向かって行った。

その場に残ったラビィは、取り残された寂《さび》しさよりも安堵《あんど》の方を覚え、深い溜め息をついた後軽く自分の頰を叩《たた》いた。

(絶対に、阻止《そし》するっ)

このイベントを阻止すると、きっとラビィの生活は一変する。学院に通えなくなるかもしれないし、ラファイエットとも二度と会えなくなるかもしれない。

それでも、ラビィは決めた。これが推しに対する、いや、この世界で大好きになったラファイエットに対する、前世の記憶《きおく》持ちの自分ができる精一杯《せいいっぱい》のことだ。

ラビィはベンジャミンを捜《さが》さず、自分が行ける王座に一番近い場所をキープした。幸い、ラファイエットが用意してくれた礼服は上質なもので、周りの貴族達から浮くことはなかった。

（まずはクリストフェルが登場して、続いて王、王妃《おうひ》、側妃の順番）

今夜の主役であるオクタヴィアンは最後に出てきて、まずは王の祝賀の挨拶《あいさつ》だ。

続いて、オクタヴィアンが成人の宣誓《せんせい》をし、乾杯《かんぱい》があって歓談《かんだん》へという流れだ。

オクタヴィアンが毒を盛ったのは歓談が始まった直後。王妃の側に母国の使者がやってきて、その手によって彼に毒薬が渡《わた》され、行動に移す。

毒薬を渡すこと自体は、原作にはどのタイミングだったのか書かれていなかったので防ぐことはほぼ不可能だ。狙《ねら》うのは一瞬《いっしゅん》、オクタヴィアンの手からクリストフェルがグラスを受け取り、それをラファイエットが奪《うば》い取る、その時しかない。

とてつもない緊張感《きんちょうかん》に、体温がどんどん奪われて行く気がする。そのくせ、握り締《し》めた手は汗《あせ》ばんでいた。

やがて、ほぼ入場は済んだのか、音楽が止《や》んだ。

「クリストフェル第一王子殿下《でんか》ご入場！」

高らかな宣言と共に、正装したクリストフェルが大広間に入ってくる。正装姿の彼はまさに完璧な王子様だ。

（……あ）

彼の入場に合わせ、ラファイエットの姿が王座近くに現れた。彼の視線は守るべきクリストフェルに向けられているので、ラビィがすぐ近くにいることに気づいていない。彼も、王妃の母国の使者がいる今日、クリストフェルの身に何か起こるかもしれないと、最大限の警戒《けいかい》をしているのだ。

続いて、王、王妃、側妃と続く。初めて見るクリストフェルの生母である側妃は、少女じみた王妃とは違《ちが》い、きりりとした美貌《びぼう》の主だった。年齢《ねんれい》的には王妃の方が年上だが、側妃の方が上に見える。

「オクタヴィアン第二王子殿下ご入場！」

そして、今夜の主役、オクタヴィアンが入場した。彼もまた正装姿で、普段《ふだん》よりもずっと大人っぽかった。しかし、その表情はなく、顔色も白いままだ。

オクタヴィアンは直前まで、今日クリストフェルに毒を盛るということを知らない。直前に母親から指示され、命を落とすほど強いものではないという言葉を信じて、異母兄《いぼけい》に毒杯《どくはい》を手《て》渡《わた》すのだ。

原作では《まるで操《あやつ》り人形のように》と書かれてあったが、どんな心境なのだろうと考えてしまう。この世界で知ったオクタヴィアンは、臆病《おくびょう》で優《やさ》しい少年だった。その柔《やわ》らかい心を己《おのれ》の嫉妬《しっと》心で黒く染める王妃に、言いようのない怒《いか》りが湧《わ》いてくる。

ふと、視線を流した先で、ベンジャミンが手招きしているのが見えた。ラビィが間違《まちが》えて王座の近くに行ってしまったと思っているのだろう。そんな彼に少しだけ笑ってみせた間に、王の祝辞が終わった。

いよいよ、だ。

「それでは、オクタヴィアンの成人を祝って、乾杯」

王の合図に合わせ、それぞれがグラスを掲《かか》げる。音楽が流れ始め、一斉《いっせい》に出席者が動き始めた。大柄《おおがら》な人々の合間を縫《ぬ》って前に進んだラビィは、王妃の側に立つオクタヴィアンを確認《かくにん》する。ますます白くなった顔色に、王妃から告げられた言葉を思い出して顔を顰《しか》めた。

「……っ」

その時だ、クリストフェルがオクタヴィアンに近づいた。王妃が先ににこやかに応対していて、その間オクタヴィアンにメイドがグラスを渡した。彼の手元をじっと見ていれば、何やらグラスの中に落とすのが見えた。

もしかしたら、このオクタヴィアンはクリストフェルへの好感度が高く、自ら毒を盛るのを止めるかもと期待していたが、母親の支配はかなり色濃《いろこ》いらしい。

ラビィは唇《くちびる》を嚙《か》み締めたまま、その一団に足早に近づく。

「……兄上、これを」

オクタヴィアンが、グラスを差し出すのが見える。

クリストフェルより早くラファイエットの手が動いたと思ったと同時に、

カシャンッ
グラスの割れる音が響《ひび》いた。

その途端《とたん》、ざわめきが止み、静寂《せいじゃく》が訪れる。

「す、すみません、緊張して思わずふらついて……」

説明する自分の声が震《ふる》えているのがわかる。王妃のドレスに酒はかからなかったが、二人の王子のズボンの裾《すそ》と靴《くつ》には、赤いワインの色が広がっていた。

彼女はどう思っているのか、扇《おうぎ》で口元を隠《かく》したままじっとラビィを見ている。

「ラビィッ」

「すみませんっ」

珍《めずら》しく焦《あせ》ったように名を呼ぶラファイエットの声に被《かぶ》せて謝罪し、深く頭を下げた。

「……無礼者だ、捕《と》らえよ」

王妃の言葉と共に、いきなり後ろ手に両手を拘束《こうそく》された。大柄な騎士《きし》の力に痛みが走るが、ここで苦痛の声を上げてしまえばラファイエットに心配をかけてしまう。

「お待ちください、王妃殿下《でんか》」

「第二王子殿下の大切な宴《うたげ》での不始末、その責任は重くてよ」

頭上でクリストフェルが制止しようとしているが、淡々《たんたん》とした王妃の声がその場に響いた。

（……まあ、そうなるよね）

王族の手を振《ふ》り払《はら》ってグラスを落とし、その服を汚《よご》してしまった。しかも、成人の宴という大切な場で。

この場で切り捨てられなかったのが奇跡《きせき》だ。

「……申し訳ありませんでした、第二王子殿下」

引きずられる寸前、謝罪して見上げたオクタヴィアンは、泣きそうな顔でこちらを見ていた。

彼にまだ感情が残っていることになんだか嬉《うれ》しくなる。

途中《とちゅう》、蒼褪《あおざ》めたベンジャミンの顔も見つけたが、わざとすぐに視線を逸《そ》らした。今彼と親しいのだと知られたら、余計な迷惑《めいわく》をかけてしまうかもしれない。

「こちらだ」

広間では厳しくラビィを拘束した騎士だが、扉《とびら》を出るとそれを少し緩めてくれた。見るからに細く華奢《きゃしゃ》で、抵抗《ていこう》などできないであろう子供に対し、哀《あわ》れと思う気持ちがあったのかもしれない。

「……運が悪かったな」

せめて王妃の目前でなければ、叱責《しっせき》はされても拘束まではなかったかもしれない。そう考えたのだろうが、ラビィとしては考えた通りに事が運んで、安堵《あんど》の思いでいっぱいだった。

「沙汰《さた》があるまでここにいるように。おとなしくしているんだぞ」

「はい、申し訳ありません」

王城の地下牢《ちかろう》に連れて行かれ、独房《どくぼう》にそっと背を押されて入った。

何もない石の壁《かべ》と床《ゆか》。ぐるりと見回して、壁に背をつけて座り、足を抱《かか》え込んだ。秋だというのに、石に囲まれているせいか冷たい。

「……とうとう、変えちゃったな……」

あれだけ好きだった原作のストーリーを、自らの意思で変えた。この先はラビィも読んだことのない、未知のストーリーが始まる。いろんなＩＦストーリーを読んだが、こんなモブが絡《から》んだ話なんてなかった。

自分にとってそれがどんな未来なのか、今は考えられない。普通《ふつう》は、未来なんて知るはずもない。知っていた今までが異常だったのだ。

それよりも、これでラファイエットの眼鏡姿が見られなくなったと少し残念に思っている自分が可笑《おか》しくて、ラビィは抱えた足に顔を押し込み、目を閉じた。漏《も》れそうになる嗚咽《おえつ》を押し殺して――。

「……はぁ」

独房の中、ラビィは様々なことを考えた。

後見人のセザール前公爵《こうしやく》に迷惑が掛《か》からないかとか、下町の両親まで罰《ばつ》を受けないだろうかとか。

この後の展開がまったくわからない今の状態がたまらなく怖《こわ》い。

地下牢は寒く、今日は朝からあまり食べていないのでお腹も空《す》いてきた。ぐうぐうと、空気も読まずに鳴り続ける薄《うす》い腹を押さえ、ラビィはただただ時間が過ぎていくのを待つだけだ。

（王妃《おうひ》が来ちゃったら終わりかも……）

まさか、ラビィが毒杯のことを知っていたとまでは思わないだろうが、せっかくの機会を潰《つぶ》してしまったことに関しては怒りを覚えているに違いない。

「……はぁ」

何度目かもわからない溜《た》め息をつく。あとどのくらいこうしているのだろうか。

……

………………

「……ビィ」

布団を被《かぶ》って寝《ね》たい。寒くて寒くて、これでは絶対風邪《かぜ》をひく。

「ラビィ、起きろ」

名前を呼ばれた気がして、ぼんやりとしたまま目を開けた。こんな場所で眠《ねむ》れるはずがないと思っていたのに、呑気《のんき》に夢の中にいたらしい。

「……ラファイエット」

その証拠《しょうこ》に、目の前にはラファイエットがいる。夢の中ででももう一度その顔が見られたことが嬉しくて、ラビィは満面の笑《え》みになった。

「相変わらずカッコいい……さすが僕の推し……」

もっと見ていたいのに、どうしてだか眠気《ねむけ》が去っていかない。いや、これは夢だからいいのだろうか。

「どうした？」

「体力を奪《うば》う鎮静《ちんせい》の魔《ま》法陣《ほうじん》と共鳴したんだろう、眠気があるらしい」

「しかたないね、このまま抱《だ》き……」

「私が」

「はいはい」

なんだか楽し気な会話が聞こえてくる。ラファイエットがどんな表情をしているのか見たいのに、瞼《まぶた》は完全に落ちてしまった。不意に、身体《からだ》が温かなものに包まれたかと思うと、そのまま、ゆらりと浮遊感《ふゆうかん》が襲《おそ》ってくる。

「そのまま眠っていていい」

（は……い）

優《やさ》しい声に、素直《すなお》に従って意識を手放す。

額に触《ふ》れた柔《やわ》らかなものに覚えがある気がしたが、思い出す前に完全に眠ってしまった。


「……どこ？」

次に目が覚めた時、そこは石に囲まれた独房ではなかった。

身体はきちんとベッドに横たわっているし、堅苦《かたくる》しかった礼服も脱《ぬ》がされているようだ。

起き上がるのは怖くて、そのまま目だけを動かし辺りを観察してみる。すると、天井《てんじょう》や壁紙《かべがみ》が見慣れたものであることに気がついた。

「……寮《りょう》の、部屋？」

どうやらここは、ラビィの寮の自室らしい。いつの間に帰ってきたんだと思いながら身体を起こしたラビィは、タイミングよく部屋の中に入ってきた人物と目が合った。

「……セザール様？」

礼服ではなく、白いシャツに黒いズボンと普段着《ふだんぎ》になったラファイエットは、ラビィが起きているのを見ると目を見開き、足早に近づいてくる。狭《せま》い部屋は、数歩で彼の侵入《しんにゅう》を許した。

「気分はどうだ？」

「乱暴な真似《まね》はされていないと思うが、ひ弱なお前があの地下牢で体力気力共に消耗《しょうもう》したのはわかっている。連れ出してすぐに治癒《ちゆ》を掛けたが……どうだ？　気分は悪くないか？」

ラファイエットは心配して声を掛けてくれるが、ラビィはこの状況《じょうきょう》をまだ理解できない。

「……」

「僕……牢に……」

「ああ。まさか王妃があそこまで強硬《きょうこう》なことをするとは思わなかった」

「い、いえ、グラスを割ってしまった僕がいけなくて……」

「それでも、第二王子殿下《でんか》の祝いの席だ、反対に寛大《かんだい》な処置をするのが正しい」

……そうなのだろうか？　貴族というものを良く知らないラビィにはわからないが、ラファイエットは王妃の行動を痛烈《つうれつ》に批判した。

「あ、あの」

「どうした？」

「あの……あれから……」

ラファイエットの話によると、あれから宴はそのまま続けられたらしい。王妃はラビィの連行後、気分が悪くなったと退席したらしいが、オクタヴィアンは最後まで残っていたそうだ。

あのハプニングにも気づいた者は少数で、祝いの宴としては滞《とどこお》りなく進行したと聞いて、ラビィは心から安堵した。

（オクタヴィアン……残ったんだ……）

もしかしたらあのまま退場してしまったのかもと心配していたが、成人王族として逃《に》げなかったということを聞いて胸が熱くなる。

オクタヴィアンがクリストフェルに毒を盛ろうとした事実は消えない。それでも、結果的にそれが阻止《そし》され、オクタヴィアンの心に一石を投じられたのなら。きっと悪い未来にはならない……そんな気がする。

しかし、ラビィが王子であるオクタヴィアンが持つグラスを割ったのは事実だ。それがこんなにも早く、何の罰もないまま解放されるものだろうか。

「もしかしたら……後で出頭するんですか？」

恐《おそ》る恐る確認《かくにん》すると、ラファイエットは即座《そくざ》に否定した。

「いや、後日学院長から厳重注意はされるがそれだけだ。そもそも、あれくらいで地下牢に入れるよう命令するのはやり過ぎだ」

どうやら、最悪の展開にはならないらしい。

じっとラファイエットの顔を見つめ、もう一度会えた現実を噛《か》み締《し》めていると……気が緩《ゆる》んだのか自然に涙《なみだ》が溢《あふ》れていた。

ポロポロと勝手に零《こぼ》れてくる涙を手の甲《こう》で拭《ぬぐ》えば、その手を掴《つか》まれて止められる。潤《うる》む視界に近づく彼の顔があって、無意識に閉じた目元に柔らかなものが触れた。

(……好きだ……)

推しとしてではなく、ラファイエットという人間が好きだ。だから、これきり彼と離《はな》れてしまうのが悲しい。

ラファイエットは厳重注意だけと言ったが、噂《うわさ》というものはいつの間にか広がっていく。王妃に睨《にら》まれた平民として、ラビィは学院に居づらくなってしまうだろう。学院を辞《や》め、下町に戻《もど》ったら、それこそ公爵家嫡男《ちゃくなん》のラファイエットと会う、いや、見ることも叶《かな》わなくなる。

自分の感情に気づいた後だから尚更《なおさら》、この別れが悲しくてたまらない。

「どうして泣いている？　ラビィ、話してくれないとわからない」

「……ぅ……ふぐぅ……」

我慢《がまん》しても、涙が止まらない。そんなラビィを宥《なだ》めるかのように、ラファイエットは強く抱《だ》きしめてくれた。

「ラビィ」

「……ぅ……ぅ……」

「ラビィ……お前が泣くと胸が苦しくなる」

ラファイエットの声がすぐ耳元で聞こえる。

「私は、お前が好きだから……」

「…………へぁ？」

あまりにも悲し過ぎて、耳が都合のいい言葉に変換《へんかん》してしまった。

（ありえない……絶対に、ありえない……）

ラビィはモブだ。華《はな》やかな登場人物たちとは違《ちが》い、何の力も使命も持たない、ただそこに存在するだけの人間だ。そんなモブに、あの『ファース王国物語』の二大人気キャラであるラファイエットが特別な思いを抱くなんてありえない。

「ラビィ、聞いてくれ」

「すみません、ごめんなさい、側《そば》にいたいなんて望みませんから、時々、せめて年一回遠くから見つめることを許してください……すみません、二年に一回でもいいです」

いるはずのない原作の作者に願った。好きだなんて、嬉《うれ》しい聞き違いをしたまま退場するなんて、なんて間抜《まぬ》けで、でも、自分らしい。

ラビィはラファイエットの胸を押し返した。いつ指示があるかわからないが、退寮《たいりょう》の用意はしていなければならない。

ぐずぐずと鼻を鳴らしながらベッドから起き上がろうとしたが、なぜかそのままラファイエットに押し倒《たお》されてしまった。

「……え？」

両手首を押さえられた状態で、伸《の》し掛《か》かるラファイエットを呆然《ぼうぜん》と見上げる。

「あ……の？」

「逃げるのなら、この場で私のものにするぞ」

「私のものって……え？」

（それって、どういう意味？）

ラファイエットらしくない強引《ごういん》な行動に混乱し、ただ疑問しか浮《う》かばないラビィを射るように見つめながら、ラファイエットの顔がどんどん近づいてくる。

「……っ」

初めて視界を隠《かく》されずに、間近で見る緑の瞳《ひとみ》に囚《とら》われた。そして、もう少しで唇《くちびる》が触れるという時、

「……役得だな、ライ」

呆《あき》れたように笑いながら部屋に入ってきたクリストフェルのせいで、学園物の定番のようにキスは寸止めになってしまった。

ラファイエットがいるだけでも狭く感じる部屋は、同じくらいの体格をしているクリストフェルまで入ると、さらに狭くなった。

一つしかない椅子《いす》には当然のようにクリストフェルが座り、ベッドには起き上がっているラ

ビィと、こちらも当然のようにラファイエットが腰《こし》かけている。

「話は？」

「……まだだ」

「まったく、いくら愛《いと》しい相手の無事が嬉しくても、まず現状説明が先ではないか？　まったく、ラビィが絡《から》むとお前は使い物にならない」

クリストフェルの言葉には反論したいところがたくさんあるが、現状説明という方が気になった。

「あの、何かあったんですか？」

「ほら、ラビィの方が理性的だ。意外にも、お前の方が溺《おぼ》れるとはね」

クリストフェルが笑うと、ラファイエットは眉間《みけん》の皺《しわ》を深くする。それでも反論しないでいる様子にもう一度笑い、クリストフェルはラビィに視線を向けた。

「まずは謝罪を。今回のこと、申し訳なかった」

おそらく、立場上頭を下げることはできないのだろう、目を伏《ふ》せることで謝罪の意を表している。しかし、ラビィはそうされる覚えがまったくない。むしろ、大切な弟であるオクタヴィアンのせっかくの宴《うたげ》の空気を悪くしてしまったと、こちらの方が謝罪しなければならない立場のはずだ。

「あ、謝るのは僕の方で……」

「王妃殿下《おうひでんか》がご静養のため離宮《りきゅう》に引きこもられた」

「え？」

唐突《とうとつ》に言われ、一瞬《いっしゅん》わけがわからなかった。

「初めから説明しよう。今はあれから五日経《た》っている。君は五日間眠《ねむ》っていたんだよ」

「えぇっ？」

ラビィが入れられた地下牢《ちかろう》には体力を奪《うば》う鎮静《ちんせい》の魔法陣《まほうじん》が展開されていて、嬉しくないことにラビィの魔力とかなり相性が良かったらしい。そのせいで体内の魔力が冬眠《とうみん》状態になってしまい、治癒《ちゆ》だけでは元に戻らなかったそうだ。

「毎日、ライが君に魔力を流していた。本来、伴侶《はんりょ》か恋人《こいびと》同士でなければ許されない行為《こうい》なんだが」

（伴侶か恋人同士……）

きっと、ラビィの身体《からだ》のことを思ってしてくれたのだろうが、恥《は》ずかしくて嬉しくて、どんな顔をしていいのかわからない。

両頰《ほお》を押さえて俯《うつむ》くと、クリストフェルが笑う気配がした。

「当人が許しているのなら目を瞑《つぶ》ろう。君がベッドの住人でいる間に、いろいろなことがわかった。一番の功労者である君にはきちんと伝えておきたい。……ただし、これはアンの今後にも関《かか》わることなので、君の胸だけに収めてほしい」

「……あ、あの、契約魔法《けいやくまほう》とか……」

「しない。君はアンの友人だし、ライの大切な人だからね。私も信じている」

そんなふうに言われると、契約魔法よりも強い何かで縛《しば》られた気がする。ラビィはこくりと唾《つば》をのみ込み、ぎこちなく頷《うなず》いた。

ラビィが眠っている間、事態は大きく動いていた。

まず、成人の宴の最中に退場した王妃《おうひ》の後を追ったクリストフェルは、彼女と隣国《りんごく》の使者の密談を聞いたらしい。その中で「薬を飲ませるのを失敗した」という言葉に、あの割れたグラスの中に毒が仕込まれていたことを知った。

そして、一番大きな確証は、宴の後オクタヴィアンがクリストフェルを訪ね、王妃からの毒を盛る命令を告白してくれたことだった。自らの罪を悔《く》い、母親である王妃の断罪を望んだオクタヴィアンは、そのまま王の許《もと》も訪れ、同じことを証言した。

未遂《みすい》だとはいえ、そしてその毒が命を奪うものではないにせよ、五感のいずれかを殺すほどの猛烈《もうれつ》な効果のある毒を第一王子に飲ませようとした罪は大きかった。

しかし、王妃の母国と事を構えるのは、ファース王国としては問題が大きかった。大陸の力関係を考えれば、王妃の母国とは表面上でも友好関係を維持《いじ》しておきたい。むしろ、今回のことで王妃を断罪しなければ、その見返りとして国の立場が有利になると王は考えたらしい。

結局それは、クリストフェルの身が無事だからこそ打てた手だろうが。

王妃は無実を主張したが、オクタヴィアンの証言でその身は監視下《かんし》に置かれることになり、離宮に静養という名の軟禁《なんきん》をされることになったようだ。隣国の王女だったので即座《そくざ》に離縁《りえん》はできないらしい。

しかし、将来的には離縁して国に送還《そうかん》すると王は考えていると、クリストフェルは言った。夫婦《ふうふ》の関係は、その子供でも理解が難しいのかもしれない。

王妃が表舞台《おもてぶたい》から身を引く。偶然《ぐうぜん》でもその切っ掛けを作り、なによりクリストフェルの身を救ったラビィは功労者として、すぐさまその身は解放されることになった。しかし、魔法陣の影響《えいきょう》でなかなか目覚めず、周りは心配してくれていたようだ。

「……じゃあ、今度のことは発表されないんですか？」

「王家の醜聞《しゅうぶん》だからね。だが、これで私も王城で自由に息を吸えるようになった。ラビィ」

椅子から立ち上がったクリストフェルはベッドに近づいてくると、身を起こしていたラビィの両手を取り、己《おのれ》の額に押し付けた。

「救いの女神《めがみ》に感謝を」

「クリス」

ラファイエットの低い声に、クリストフェルは笑った。

「すまない。長年苦しんできたはずの環境《かんきょう》が、こんなに呆気《あっけ》なく改善されるとは思わなかったから浮かれているんだ」

原作では、今回の事件は表沙汰《おもてざた》にされた。

王妃は離宮に軟禁。ただし、毒を城内に持ち込むことを黙認《もくにん》した側近は、王族を害する目的だったと処刑《しょけい》された。

第二王子オクタヴィアンは年齢《ねんれい》と、幼いころから王妃に洗脳されていたこと、それに薄々《うすうす》気づいていながら手を打たなかったことを王が謝罪し、王子という地位はそのまま、ただし王位継承《けいしょう》権は剝奪《はくだつ》された。

手を貸したはずの隣国は知らぬ存ぜぬを通したが、今回のことがあってしばらくは表立って動けなくなった。

しかし、現実は違《ちが》った。王妃の処遇《しょぐう》は同じだが、オクタヴィアンの立場は大きく良い方へと動いた。そのことがとても嬉《うれ》しい。

「君のおかげだ。君があの瞬間《しゅんかん》にグラスを割ってくれたことで、一気に事態が動いた。……故意、ではないだろうが」

そう言った時、クリストフェルは意味深に目を細める。まるですべてを知っているような言い方に肩《かた》が揺《ゆ》れそうになるが、必死に抑《おさ》えて目を伏せた。

「……ぼ、僕の不注意がこんなことになってしまって……改めて謝罪します。本当に申し訳ありませんでした」

王妃は軟禁されたが、オクタヴィアンは王位継承権を剝奪《はくだつ》されていない。それは彼の方から罪を告白し、懺悔《ざんげ》したことも大きな理由だろう。

もしかしたら、ラビィの知らないところで誰《だれ》かが処罰《しょばつ》されたかもしれないが、王家がこのことを表に出さないのなら、一生知ることはないだろう。

(原作……変わったな……)

自ら動くことができたオクタヴィアンは、きっとクリストフェルと和解できる。大きな影響力を持った王妃がいなくなれば、それは遠い未来ではないと思う。

ラファイエットも、傷物公爵《こうしゃく》と言われることなく、この先も堂々と表舞台に立つことができるのだ。

(僕は……)

そして、物語の片隅《かたすみ》にいるモブの自分は、このままフェードアウトするしかない。

役割は終えたのだ。

第九検証　推しの溺愛《できあい》が過ぎる件について

クリストフェルの口から、王も感謝されていると伝えられた。光栄だが、これはラビィ自身の私欲で動いたことだし、表向きはうっかりミスでということを改めて謝罪した。

大好きな原作を変え、新たな物語として始まってしまったこの舞台《ぶたい》から、モブは姿を消さなければならない。

そう固く決意していたのに――。

「お帰りなさいませ」

「……た、ただいま、です」

クリストフェルとの話の後、強引《ごういん》に会話を切り上げたラファイエットに馬車に連れ込まれ、そのまま公爵家へと連行されてしまった。その間、ずっと彼の腕《うで》に抱《だ》かれたままだ。

その姿を出迎《でむか》えてくれた執事《しつじ》も何も言わず、ラファイエットが向かった先は慣れた客室ではなく……彼の私室だった。

「セ、セザール様？」

戸惑《とまど》いながら彼を見上げるが、

「違う」

少し不機嫌《ふきげん》に訂正《ていせい》されてしまう。名前呼びに拘《こだわ》る彼を少しだけ可愛《かわい》いと思ってしまった気持ちも、彼の私室のベッドの上に寝《ね》かされた時点で頭の中からすっぽりと抜《ぬ》けてしまう。

「あの、セ、ラファイエット様、どうして……」

「あのまま時間をおいてしまえば、お前が私の許から去ると思った。……違うか？」

違わない。誤魔化《ごまか》そうと思っても、ラファイエットには嘘《うそ》がつけないので、ラビィは口を引き結んだ。その態度で、自分の言葉が正しいと確信したのだろう、ラファイエットはベッドに腰《こし》かけ、身を起こしたラビィを抱《だ》きしめた。

「そんなこと、許せるはずがない」

「でも、あのっ」

ラファイエットの私室なんて、聖域ではないか。そんな場所にいるのは恐《おそ》れ多いとベッドから下りようとするが、彼の腕の拘束《こうそく》から逃《のが》れることができなかった。

「……ラビィ、私はお前を愛《いと》おしいと思っている。お前も、そう思ってくれているんじゃないか？」

「……っ」

飾《かざ》らない直接的な告白に、瞬時《しゅんじ》に顔が熱くなった。

（愛おし……え……ラファイエットが僕を……？）

一時、ラファイエットの態度でそんなことを考えたこともあったが、あまりにも恐れ多い想像ですぐに自分の中で否定した。それが当たっていたなんて……どうしたらいいのか、余計に混乱した。

だが、ラビィはあのオクタヴィアンの成人の宴《うたげ》の日に思い知った現実を忘れることはできない。ラファイエットの気持ちが嬉しくて、今も泣きそうになっているが、ここで頷《うなず》くのは絶対に彼のためにならないのだ。

「……僕は、平民で、男です。ラファイエット様を想《おも》うなんて……そんなだいそれたこと……」

明らかに身分が違う。自分の存在はラファイエットの足枷《あしかせ》になる。情けなくてまた泣きそうになるが、ラビィは必死に訴《うった》えた。

「その言葉を聞けただけで幸せです……でも……公爵家の当主になる方に、僕は……っん」

次の言葉は、ラファイエットの口づけに飲み込まれてしまった。

紳士《しんし》な彼の思いがけない行動に一瞬身体《からだ》が強張《こわば》ったが、ふと離《はな》れ、もう一度触《ふ》れたそれに我に返って咄嗟《とっさ》に胸を押し返した。

簡単に身体は離れてしまい、ラビィは口を両手で押さえて呆然《ぼうぜん》と目の前の美貌《びぼう》の主を見つめる。その手の上から、もう一度ラファイエットはキスを落とした。

「！」

「私のことを想って身を引こうとしてくれるな。ラビィ、私の幸せは、お前が側《そば》にいてくれることなんだ。こんなにも心を奪《うば》っておいて……放《ほう》り出すのはやめてほしい」

そう言いながら、口を押さえている手を取られてしまう。抵抗《ていこう》するなんてできるはずがなかった。

「ラビィ、まず一つ間違《まちが》っている。私は公爵家の当主にはならない」

「……え？」

意外な言葉に、ラビィは目を瞠《みは》った。

「既《すで》に両親とお祖父《じい》様には話を通している。有能な跡継《あとつ》ぎが決まるまで中継ぎとしてその地位を受けることがあるかもしれないが、私はお祖父様が持っておられる侯爵《こうしゃく》の爵位をいただくことに決まった」

「そ……な……、どうして？」

「公爵家当主になってしまったら、お前が私から逃《に》げるだろうとわかっていたからだ。もともと、両親は私の色をお気に召《め》していないからな、申し出た時明らかに安堵《あんど》した様子だった」

跡継ぎは父親の兄弟の息子《むすこ》達の中から選ぶことになるだろうと、淡々《たんたん》と告げるラファイエットの表情に変化はない。しかし、両親からそこまで疎《うと》まれている彼の気持ちに共鳴したかのように悲しくて、またぼろぼろと涙《なみだ》を零《こぼ》してしまった。

「お前には理解できないかもしれないが、私はこの公爵家に何の未練もない。むしろ交渉《こうしょう》材料としての価値くらいはあったのかと感心したくらいだ」

（交渉……？）

ふと、少し前にラファイエットが両親と祖父と話し合いを持ったようなことがあったのを思い出した。あの時は家族間の問題だろうと何も聞かなかったが、まさかこの話をしていたのだろうか。

「ラビィ、私はお前を伴侶《はんりょ》として迎《むか》えたい。日陰《ひかげ》の身にするつもりはまったくないし、堂々と側にいてほしい」

「そんな大切なこと……でも、でも、ラファイエット様はまだ十八でしょう？　公爵家を継がないなんて、そんな大事なことをこんなに早く決めるなんて……」

「十八だからだ。行動しなければ、勝手に婚約《こんやく》者を決められてしまう。私はお前以外を愛するつもりはないからな」

ラファイエットの口から出てくるのは信じられない言葉ばかりだ。そのどれもがラビィの心を震《ふる》わせるし、ますます彼のことを好きになってしまう。

（好きで……いいのかな……）

ラファイエットの運命を、自分なんかの存在で決めてしまってもいいのだろうか。

嬉《うれ》しさと怖《こわ》さ、心の天秤《てんびん》が揺《ゆ》れ続けて、少しだけ伸《の》ばした手は途中《とちゅう》で止まったままだ。

（どうしよう……どうしたら……）

ラファイエットにとって一番良い選択《せんたく》は何だろう。

グズグズと考えてしまうラビィの耳に、推しの自信たっぷりな声が聞こえた。

「迷うなら私の手を取れ。お前に後悔《こうかい》はさせない」

とびきりのヒーローの言葉に、ラビィは泣き笑いのみっともない顔をしたまま手を伸ばした。


（……でも、展開早過ぎない？）

完全に受け入れたわけではないが、ラファイエットとの未来を考えて前に進もうと決めた。

決めたが、まさかあの後すぐに一緒《いっしょ》に風呂《ふろ》に入るとは承諾《しょうだく》していない。

「ゆっくりと温まろうな」

「は、はい」

ラファイエットの私室のバスルーム。湯をはった湯船に背中から抱きかかえられる体勢で、落ち着いてつかっていられるはずがなかった。

（まさか……ラファイエットがこんなにも欲望に忠実だとは思わなかったよ……）

ラビィは五日間眠《ねむ》っていて、今日起きたばかりだ。寝ていてもラファイエットが魔力《まりょく》を送ってくれていたらしく、空腹はそれほどでもなかったが、身体は動きづらく、何よりも風呂に入っていないので汚《よご》れが気になった。いくら魔法で綺麗《きれい》にしても、日本人の記憶《きおく》があるせいで湯につからないと綺麗になった気がしないのだ。

それに、こういった経験が皆無《かいむ》なため、気持ちを仕切り直したいという思いもあった。ラビィも男だ、こういった行為《こうい》——身体を合わせることに興味はあるし、何より好きな相手に望まれるのは嬉しい。ただ、少し時間を置いてから……そう訴えたのだが。

「時間を空けると、お前は絶対に逃げるから」

信用の無い言葉に落ち込みそうになるが、実はそうかもしれないと思い当たって何も言えなくなった。

ラファイエットの想いをいまさら嘘だとは思わないし、誠実な彼ならきっと有言実行すると思う。それでも本当にいいのかと、時間があればあるだけ考えて、確実に性交に至るまで時間はかかってしまうだろう。

勢いが必要だと言い切るラファイエットが、なんだか年相応に見えて可愛く思ってしまった。本人には絶対に言えないが。

それでも、風呂くらいは一人で入りたかった。まだ筋力が弱っているからと、支えてくれる手は力強いが、この体勢では彼の陰茎《いんけい》が尻《しり》に触れて落ち着かない。

(服を脱《ぬ》ぐ時はできるだけ見ないようにしてたけど……)

まさか、あんなに立派なものなんて、まったく想像もしていなかった。

全年齢《ねんれい》の原作には当然その描写《びょうしゃ》はなかったし、同人誌にはきわどいものもあったが、原作第一のラビィはあまり興味が無くて数冊読んだだけだった。それも小説だったので文字で読んだものの、実際に目で見てしまうとまったく印象が変わった。

(十八歳なら、もう紳士教育は受けてるよな……じゃあ、経験済み……とか?)

原作でも、そのあたりはさらりとだが説明されてあった。ラファイエットもクリストフェルも早熟で、十歳を迎える前に精通があって、その時に前世で言う性教育を受けていた。この世界では貴族の一番の義務は後継《こうけい》をつくり血を繋《つな》ぐことなので、子供だから早すぎるという感覚はないらしい。

なんだか、ラファイエットの極《ごく》プライベートな情報も知っていることに申し訳なさを感じる。

裸《はだか》のまま抱《だ》っこされる体勢は落ち着かなくて身体をずらそうとすると、尻で陰茎を擦《こす》る形になってしまった。その形状が変化するのが肌《はだ》に直接伝わって、なんとも言いようのない羞恥《しゅうち》に襲《おそ》われたラビィは、ただただ恥《は》ずかしさを堪《こら》えて俯《うつむ》くしかできない。

(う……早く上がりたい……)

いつもならゆっくり湯につかっていたいところだが、この時ばかりは早く出て服を着たかった。

「……ラビィは、小さいな」

「……っ」

不意に、耳元で囁《ささや》かれ、身体《からだ》が揺れてしまったせいで湯が波立った。わざとでないとわかっているが、好みの声をこんなふうに聞かせられると変な気持ちになってしまう。

「腕《うで》も、足も、腰《こし》も、こんなに細くて……本来ならもう少し待つべきだというのはわかっている。……だが、ラビィ、すまない……私は……俺は、今すぐお前が欲しい。俺の唯一《ゆいいつ》を、この腕の中に閉じ込めたい」

こんなにも甘い言葉を言うキャラだっただろうか。いや、もしかしたら、これはラビィが知らなかった、ラファイエットの本質かもしれない。原作にも書ききれなかった彼の寂《さび》しさを、熱を、こんなにも直接的に伝えられて、それでも嫌《いや》だと言える人間なんているだろうか。

そこまで考えて、ラビィは唐突《とうとつ》に気づいた。ラファイエットの言葉を与《あた》えられるだけで、自分はまだはっきりと彼に伝えていなかった。

「ぼ、僕は……あなたに憧《あこが》れていました。凄《すご》く強くて、第一王子殿下《でんか》を命がけで守ってきて……自分に厳しくて、優《やさ》しくて……どんなことにも立ち向かうあなたが、僕の理想の人でした」

この体勢で良かった。真っ赤な顔も、泣きそうな顔も、彼の目には見えない。

「ずっと……ずっと、見てきました。あなたという存在に気がついた時からずっと……」

大好きなライトノベルの登場人物に向ける憧れの気持ちは、彼を深く知ることによって別の感情に変わってきた。

今も、少し自信がないが、その感情に言葉をつけるとしたら。

「……好きです」

性別とか、立場とか関係なく、ラファイエットという人間が好きだ。

ようやく吐露《とろ》した想《おも》いに、身体から力が抜《ぬ》けていく。しかし、力強い腕がさらに強く抱きしめてくれた。

「……知っている」

濡《ぬ》れた髪《かみ》の合間から現れた首筋に口づけられ、小さな声が漏《も》れる。

「お前の視線をずっと感じて……いつの間にか、俺の方がお前を捜《さが》していた」

この瞬間《しゅんかん》、ラビィは自分がただのモブではなくなったことをようやく自覚した。


前世、社会人だったラビィにはそれなりの性的知識はある。経験はなくても情報源は多岐《たき》に亘《わた》っていたので、知識だけは豊富だった。その中には同性同士のセックスもあったが、まさか自分が当事者になると思ってもいなかったので、表面をなぞったくらいの知識しかない。

（お互《たが》いのを良くするだけじゃなくて、入れることもできるんだっけ……）

女性とは違《ちが》う箇所《かしょ》に陰茎を挿入《そうにゅう》することはできるが、かなり解《ほぐ》さなければならなかったはずだし、それ専用のローションか何かがいるんだった気がする。この世界にそんなものがあるのかと、再びベッドに運ばれた時から、ラビィは心配でたまらなかった。

そう、この部屋に入ってから、ラファイエットはとても甲斐甲斐《かいがい》しく世話をしてくれて、ラビィに自分の足で歩かせようとしないのだ。くっついていることは恥ずかしいものの嬉しさもあるが、あまりに過保護だと大丈夫《だいじょうぶ》なのかと不安にもなる。それとも、この世界ではこれが恋人同士《こいびと》の距離感《きょりかん》なのだろうか。

「あ、あの」

風呂から運ばれたので、ラビィは大きなバスローブのようなものだけを羽織っている状態だ。ラファイエットのものなので、体格差でぶかぶかなのが恥ずかしい。

「どうした？」

ラファイエットの甘い声に耳が幸せな状態になりながら、それでもラビィはどうにか言葉を絞《しぼ》り出した。

「僕も、あの、何か……」

まったく何も言えていないが、ラファイエットはラビィが言おうとしていることを読み取ってくれたらしい。嬉しそうに綻《ほころ》ぶ顔は見たこともないくらい綺麗で、思わずぼーっと見つめてしまった。

「お前は受け入れてくれるだけで十分だ」

「でも……」

「俺がお前を愛したいんだ。できるなら……拒絶《きょぜつ》しないでほしい」

その言葉に、嫌と言えるはずがない。

（あ……れ？　今……俺って……）

多少口調は粗野《そや》なものの、いつも『私』と言っていた彼が、気づけばもっと砕《くだ》けたように『俺』と言っている。心を許してくれているようで顔がにやけてしまうと、さらにラファイエットの目元が撓《たわ》んだ。

「可愛《かわい》い顔をしないでくれ……加減ができそうにない」

「ひゃぁっ」

言葉と同時に下りてきた唇《くちびる》が、むき出しの首筋に押し当てられ、チュッと強く吸われた。たったそれだけの刺激《しげき》で、風呂《ふろ》で温まった身体がさらに熱を持ったようだ。

「可愛い……ラビィ……」

名前を呼びながら、彼の手はバスローブを脱がしていく。羽織っただけのそれは簡単に解かれて、ラビィは恥ずかしいと思う間もなく、生まれたままの姿をラファイエットの目の前に晒《さら》した。

彼と比べれば、情けないほど貧弱な身体だ。当然豊かな胸もなく、細い腕も薄《うす》い腹も、どこにも魅力《みりょく》など見つからない。そんな身体に、ラファイエットはまるで宝物のように優しく触《ふ》れてくれた。

「あっ、あんっ」

隅々《すみずみ》まで落とされていく口づけに、無意識のうちに甘えた声が口をつく。それが恥ずかしくて我慢《がまん》しようとしても、次々に与えられる刺激に理性はあっという間に崩《くず》れていった。

初めて自覚したが、この身体は快楽に弱いらしい。

「ラビィ」

何度も呼ばれる名前が特別な響《ひび》きになって、ラビィの身体からどんどん力が抜けていった。それを、ラファイエットも気づいたのかもしれない、それまで口づけだけだったのが、大きな手が身体中を撫《な》でまわし始めた。

首筋から胸元《むなもと》を確かめるようになぞり、時々反応を見ている。小さな胸の突起《とっき》に指先が触れた時だ、まるで電流が走ったかのように身体が動いた。

「え……や……今……」

まさか、乳首《ちくび》で感じたというのだろうか。焦《あせ》るラビィはうつ伏《ぶ》せになって隠《かく》そうとしたが、伸《の》し掛《か》かっているラファイエットの身体がそれを許してくれない。

それればかりか、ラビィの反応を見て、わざわざそこに顔を近づけてくると、舌でぺろりと舐《な》めてきた。

「んぁっ」

小さな突起を育てるかのように、舌はそれを熱心に舐め続ける。くすぐったくてやめてほしかったが、徐々《じょじょ》にそれは疼《うず》くような感覚へと変わってきた。ささやかな突起だったものが、今では指先で摘《つ》まめるほど育って、ラファイエットはもう一方の乳首へと目的を移してしまう。

舌と指、両方の異なる刺激に、ラビィは息も絶え絶えだ。

(も、漏れそ……っ)

唐突に襲《おそ》われた排泄《はいせつ》の欲求《よっきゅう》に両足を必死に絡《から》める。手で陰茎《いんけい》を押さえてしまいたいが、ラファイエットの目の前でそんな恥《は》ずかしい行為《こうい》はできない。やがて内股《うちまた》にぬるっとした感触《かんしょく》があって、ラビィは漏らしてしまったかと半泣きになってしまった。

「ご……め……ごめ、なさ……」

ラファイエットのベッドを汚《よご》して申し訳なくて、譫言《うわごと》のように謝っていると、そっと唇を甘《あま》嚙《が》みされる。これだけでもう、謝罪の言葉は言えなくなった。

「あ……っ、あっ」

乳首を嬲《なぶ》る指に強く力が入った瞬間、ラビィは射精していた。

「……う……そ……」

まさか、乳首を弄《なぶ》られるだけで射精してしまうなんて想像もしていなかった。もともと精通も遅《おそ》く、それ以降もあまり自己処理などしなくても平気だったので、ラビィは自分が欲が薄い方だと思っていた。それなのに。

「良かった」

呆然《ぼうぜん》としているラビィとは違い、ラファイエットは安堵《あんど》したかのように息をついている。

「精通もまだなら、さすがにこのまま続けることはできなかった」

「え……」

どうやら、そこまでラビィの成長が遅ければ、ラファイエットはもう少し待ってくれたようだ。しかし、幸いにというか、ラビィは射精した。この国では十六歳が成人だが、射精すれば男としても認めてもらえるのかもしれない。

精液で濡れたラビィの下肢《かし》を脱《ぬ》がしたバスローブで拭《ぬぐ》ったラファイエットは、ベッドヘッドに手を伸ばして小さな瓶《びん》を手にした。

（それ……）

じっと見つめていると、苦笑《くしょう》しながら教えてくれる。

「香油《こうゆ》だ。これが無ければ、お前の身体《からだ》に負担を強《し》いることになる。……いや、使っても、きついかもしれないが」

眉間《みけん》にできた皺《しわ》は、怒《おこ》っているというより逡巡《しゅんじゅん》しているせいなのか。明らかな体格差で、どう考えてもラビィに負担になると、今更《いまさら》のように考えてしまったのかもしれない。だが、そんなことはこの状況《じょうきょう》では今更だ。

「ありがと、ございます。僕のこと、考えてくれて……」

既《すで》に用意されていた香油。それを誰《だれ》が用意していたのかは考えない。貴族の家では当たり前の光景だ、きっとそうだと自分自身に納得《なっとく》させる。

「ラビィ……」

「……僕も、ラファイエット様と、あの……したい、です。上手《うま》くできないと思うし、たぶん、泣くと思いますけど……」

ラファイエットの言ったとおりだ。ここで続きを後日に回してしまえば、ラビィの覚悟《かくご》はどんどん小さくなっていってしまう。勢いというものは大切なのだ。

変なとこで覚悟を決めたラビィは、射精した時に流した生理的な涙《なみだ》を拭い、ラファイエットのバスローブの裾《すそ》をちょんと引っ張る。

「……して、ください」

それが合図になった。

慣らすという行為は、セックス自体よりもかなり恥ずかしいものかもしれない。

仰向《あおむ》けの状態で、開いた足を立ててラファイエットの指をそこに受け入れる状態は、早回しにしてほしいと思うほど猛烈《もうれつ》な羞恥《しゅうち》を感じた。

用意していた香油を尻《しり》にたっぷり垂らし、指先にも溢《あふ》れるほど掬《すく》い取って、ラファイエットは慎重《しんちょう》にその場所を解《ほぐ》していく。ラビィを傷つけないためだからと言われたものの、やはりそんな場所を見られるのは恥ずかしくてたまらない。

今は、何本指が入っているのだろう。中を押し広げるように動く指に内壁《ないへき》を擦《こす》られるたび、びくびくと跳《は》ねる身体を押さえようとする気はもうなくなった。

頭の片隅《かたすみ》で、入れなくても十分気持ちいいんじゃないか？　と思うが、ラファイエットの状況を見るとここで止めるほど鬼《おに》ではない。

（あれで……最高値じゃなかったなんて……）

バスルームで尻に感じたラファイエットの陰茎は、想像よりもかなり大きなものだった。しかし、今バスローブを脱いで露《あらわ》になったラファイエットのそれは、もう……凶器《きょうき》としか言いようがない。

涼《すず》し気な容貌《ようぼう》に見合わない、淫猥《いんわい》な性器の形。長さも、太さも、きっとこれ以上の人なんていないと思うほどに立派だ。竿《さお》など血管が浮《う》き出ていて、カリの張った先端《せんたん》部分から透明《とうめい》な雫《しずく》が零《こぼ》れている様は、なんだかとても倒錯《とうさく》的で――。

「あまり見るな」

その声に顔を上げると、目元を少しだけ染めたラファイエットがこちらを見ていた。照れている顔なんてレア中のレアだ。

（眼福……っ）

興奮して身体に力が入ったが、口づけをされるとふにゃふにゃと蕩《とろ》けてしまう。

ラビィはこれ以上興奮しないように目を瞑《つぶ》った。

(でも、やっぱり完璧《かんぺき》だよ……ラファイエットは)

規格外の陰茎にどうしても目が行ってしまうが、鍛《きた》え上げたその体軀《たいく》も見惚《みほ》れるほど綺麗《きれい》だった。服を着ている時は、あれでも着瘦《きや》せしていたのかとしみじみ思う。

広い肩幅《かたはば》や、厚い胸元、引き締《し》まった腹に、長い手足。こんなにも綺麗な人が、自分のことを好きになってくれた。それが、前世でも推しとしてずっと見てきた相手なんて、幸運以外の何物でもない。

一方で、完璧ではない側面も彼にはある。特に、ラビィが絡むと、途端《とたん》に独占欲《どくせんよく》が強い我儘《まま》な子供のように見える彼。完璧ではないのに、とても可愛《かわい》くて……愛《いと》おしい。

「……大好き……」

思わず口から零れた言葉。それに驚《おどろ》いたのはラビィ自身と、ラファイエットだ。

一瞬《いっしゅん》、中を抉《えぐ》る指が止まったかと思ったその後は、もう嵐《あらし》のようだった。

「んあっ！」

抜《ぬ》き取られた指があったそこに、新たに押し当てられた熱く硬《かた》いもの。それが一気にまだ狭《せま》い尻の蕾《つぼみ》を押し広げて侵入《しんにゅう》してきた。

(い……た……っ)

引き攣《つ》れるような痛みと、信じられないほどの熱さ。眩暈《めまい》がするほどの幸せと、僅《わず》かな不安と、様々な感情と感覚が一気にラビィを襲って、その情報を処理する速度が追いつかない。

「あっ……あぅ……っ、はぁっ」

めりめりと、そこがラファイエットの大きさに押し広げられていく。余裕《よゆう》もない内壁はその動きだけで刺激《しげき》され、ラビィは声を上げ続けた。

「ラビィ、ラビィッ」

まるで縋《すが》るように名前を呼び、強く抱《だ》きしめてくるラファイエットの方が余裕がないみたいで、大丈夫《だいじょうぶ》だと伝えたいのに言葉が出てこない。

「んぁっ、あっ、あっ」

ラビィは伸《の》し掛《か》かってくるラファイエットの身体を強く抱きしめた。過ぎる快感に耐《た》え切れず、その肩《かた》に爪《つめ》を立てるほどしがみつくが、ラファイエットの動きはますます激しいものになっていくばかりだ。

「ラビィ、ラビィ、俺の側《そば》にいてくれ……っ」

その叫《さけ》びに応《こた》えたくても、揺《ゆ》さぶられるまま喘《あえ》ぎ声しか口をついて出てこない。それでも思いを伝えるために、ラビィはラファイエットの身体に回す手に力を込めた。

もう、痛みも麻痺《まひ》してきた。今ラビィが感じるのは、熱さと、ラファイエットへの愛しさだけだ。

てしまいそうだ。

「……き、すきっ、で……っ」

「俺も、愛してるっ」

間髪《かんはつ》を容《い》れずに返してくれる言葉はラビィの想像を超《こ》えていて、嬉《うれ》しくて嬉しくて涙が零れてしまいそうだ。

(ラファイエットをっ、幸せにしてください……っ)

性懲《しょうこ》りもなく、またいないはずの原作者に願ってしまう。少しでもその助けが自分にできればいいと思いながら。

「あぁぁっ……！」

一際最奥《ひときわさいおう》を突《つ》き上げられ、迸《ほとばし》る熱いものが身体の中に広がっていくのがわかる。

それに遅《おく》れてまた射精したラビィは、過ぎる快感に気を失ってしまうという、どこかの世界のあるあるの様な状態になった。

閑話　ラファイエット・セザール

幼いころから何にも期待しなかった。

色味が違《ちが》うからと我が子を厭《いと》う両親の愛を乞《こ》うことにも意味を見出《みいだ》せず、唯一《ゆいいつ》可愛がってくれた祖父に対してさえも、どこか一線を引いていた。

最初に人生が変わったのは、この国の王子、クリストフェルと出会ったことだ。彼に引き合わせてくれたことだけは両親に感謝できる。

クリストフェルは、ラファイエット以上に過酷《かこく》な生活を送っていた。王城という、一番安全なはずの場所で、常に命の危険に晒《さら》されていた。

それが義理とはいえ母親の位置にいる王妃《おうひ》が原因だと知り、己《おのれ》との共通点を見たラファイエットは、彼を守るということで己の生きる目的を見つけた。

そんな中、ラファイエットは祖父が知り合ったという平民の少年と出会った。

年齢《ねんれい》の割には細く華奢《きゃしゃ》で、平民にはありえないプラチナブロンドの髪《かみ》を持つ綺麗な少年だった。

少年は、気づけばじっとこちらを見ていた。己の容姿が人を惹《ひ》きつけることを知っていたラファイエットは、彼も同じかと苛立《いらだ》ちを覚えたが、不思議とその視線の中には欲というものは見えなかった。

媚《こ》びを売ったり焦《じ》らしているわけでもないらしいのに、真っすぐに自分を見つめてくる視線はどこか心地《ここち》好《よ》い。頭も悪くなく、魔力量《まりょく》もある少年。そんな彼のことを気にし始めたころ、クリストフェルの成人のパレードで襲撃《しゅうげき》を受けるという大事があった。

あの時、急に膨《ふく》れ上がった魔力を感知した。己の魔力とよく似た、静寂《せいじゃく》の闇《やみ》の色を持つ魔力。同時に、切羽《せっぱ》詰《つ》まった誰《だれ》かの声が聞こえた。今にして思えば、あれほどの歓声《かんせい》の中でたった一人の声が聞こえたなどというのはありえない。しかし、その方向へ視線を走らせた時、見覚えのある目立つプラチナブロンドの髪と襲撃者の姿を目に捉《とら》えることができた。いわば、彼がクリストフェルを救ったと言えるだろう。

祖父が後見となることで学院に編入できた少年は、やはりその容姿で目立っていた。不思議と本人は目立っていないと思い込んでいたが、どうしてそう思うのかまったく理解できなかった。

平民なので馴染《なじ》むかどうか心配だったが、直《す》ぐに男爵家《だんしやく》の嫡男《ちやくなん》と友人関係になったらしい。親し気に連れ立つ二人の姿を時折見掛《みか》けると、なぜか胸が騒《さわ》いだ。

驚いたのは、彼が第二王子殿下《でんか》と交流を持ったことだ。

王妃の影響力《えいきよう》が濃《こ》い彼は気難しく、クリストフェルに対しても言葉を交《か》わすということが皆無《かいむ》だった。そんな彼が、あの少年に対しては違った。そこにどんな理由があったのか、気になったのはラファイエットだけではなく、クリストフェルもだったらしい。

学院内は第一王子派と第二王子派に分かれている。表立って大きくぶつかることはないが、それでもことあるごとに睨《にら》み合う学院の雰囲気《ふんいき》をクリストフェルは憂《うれ》いていた。

あの少年は、第二王子派になったのだろうか、そう考えた時、胸の中にもやもやとしたものが生まれたが、その意味はそれまであまり深く人と関《かか》わってこなかったラファイエットにはわからなかった。

クリストフェルが理由をこじつけて少年に会おうとするたび、面白《おもしろ》くなくて阻止《そし》をした。

そんなラファイエットを見てクリストフェルは笑い、意味深に「君も人間だったんだね」などとのたまう。

少しずつ、少年との距離《きより》が縮まる。

魔力操作で感じた少年の魔力の心地好さに驚き、その扱《あつか》い方の不器用さに呆《あき》れ。時折変わった言葉を口にするが、そんな時はとても楽しげな顔をしていて、見ているだけで癒《いや》された。

ダンスレッスンで抱《だ》いた腰《こし》の細さに驚いて、抱き心地の良さに離《はな》したくなくなったのは、誰《だれ》にも言えるはずがない。

そんな彼を特別な存在だと自覚したのは、技能大会で傷ついたラファイエットを見舞《みま》いに来た時、子供のように泣き崩《くず》れた姿を見た時だ。自分の身をこんなにも案じてくれる存在は今までいなかった。祖父でさえ、気にかけてはくれたものの、両親を諫《いさ》めるまではしてくれなかった。それが貴族にとって当然のことだと思っていたからだろう。

公爵《こうしゃく》家の嫡男という立場など関係なく、この身を案じ、泣いてくれた少年——ラビィ。

家名のない、ただの平民の彼を、普通《ふつう》ならば諦《あきら》めなければならなかったかもしれない。だが、ラファイエット自身、両親から疎《うと》まれた存在だ。誰を愛そうが、求めようが、今更《いまさら》反対などされる理由がない。

もともと、ラファイエットが跡継《あとつ》ぎだということを面白くなく思っていた両親は、後継者《こうけいしゃ》辞退の申し出に、形ばかりの反対をしただけだった。祖父はそれでも惜《お》しんでくれたが、ラファイエットの決意が固いことを理解すると、静かに受け入れてくれた。

『魔力の色がね、お前によく似ていたんだよ。静寂の闇の色を持つ子なんて滅多《めった》にいないからね、お前にとって良い出会いになるかと思ったんだ』

祖父の言葉を思い出す。その言葉通りになったのは少し悔《くや》しい気もするが、この上もない最上の宝を手にできたのだから、切っ掛けを作ってくれた祖父には深く感謝したい。

後は、ラビィを囲い込むだけだ。

平民だからと逃《に》げようとするあの小さな身体《からだ》を腕《うで》の中に拘束《こうそく》し、逃げられないように甘い愛の糸で雁字《がんじ》搦《がら》めにしてしまう……離れて行っても、いつでも引き戻《もど》せるように。

終章

「……来たぞ」

「……はい」

ベンジャミンに促《うなが》されたラビィは、辺りを窺《うかが》うように移動する。しかし、これだけ用心したとしても、相手がまったく隠《かく》す気がないのなら無駄足《むだあし》だということを……まだ認めたくはなかった。

「ラビィ」

「お、お迎《むか》え、ありがとうございます」

ラファイエットは軽くラビィの肩《かた》を抱《だ》き寄せると、その目元に口づけを落とす。

お互《たが》いの想《おも》いを伝え合い、恋人《こいびと》同士という関係を超《こ》えて伴侶《はんりょ》と言ってもいいほど、ラファイエットは愛情を隠さず接してくれる。当初、この光景に驚《おどろ》いたクラスメイト達に問い詰《つ》められたり、相応《ふさわ》しくないから別れろと言われたりもしたが、当のラファイエットが直々に説明してくれて、ひと月も経《た》たないうちにクラスでは見慣れた光景になってしまった。

ラビィ自身は、この甘過ぎるラファイエットの態度にいまだ慣れないことも多いが、その愛情を疑うことも、自ら離《はな》れようという気もなくなってしまった。

(僕が貴族になるなんてね)

オクタヴィアンの成人の宴《うたげ》でのことと、その後の王妃の隠遁《いんとん》の真意は伏《ふ》されているが、内密にラビィは準男爵を叙爵《じょしゃく》された。王との謁見《えっけん》は頭が真っ白になってしまい、実を言うと何も覚えていない。ただ、ラファイエットが悪くないようにしていただいたと言ってくれたのでその言葉を信じたのだが、まさかまさかの展開だ。

もちろん、公爵家嫡男と準男爵では身分が天と地ほども違うが、平民ではないからと押し通したラファイエットは自身が卒業し、ラビィが成人したらすぐに結婚《けっこん》する気でいる。

(そうだよ、ファース王国って同性婚もありなんだよ……)

数が少ないし、貴族間ではほぼないらしいが、きちんと法に定められている権利だ。日本よりよほどグローバル化が進んでいると、それを知ったラビィは驚くより感心してしまった。

しかし、ラビィとしては、結婚する前に恋人としての時間をもっと取りたいと思う。推しとして長年見てきたラファイエットのことをいまだ崇拝《すうはい》する気持ちがあって、それを徐々《じょじょ》にだがなくしていかなければと思うのだ。

それに、近々ラファイエットが両親に挨拶《あいさつ》に行く気だ。

ラファイエットと恋人同士になったことはもちろん、準男爵になったのもつい最近のことなのでまだ両親には話していない。

近況報告《きんきょう》の手紙には、一応好きな人ができたというようなことを匂《にお》わせはしたものの、まさかその相手が男で、しかも公爵家の嫡男《ちゃくなん》だとは想像もしていないだろう。

初対面の時も、ラファイエット相手に卒倒《そっとう》しそうだった父がどんな反応をするのか、想像するだけでも胃が痛くなる。

「……推しが尊いのが悪いんだよ」

小さな声でぼやいたのに、ラファイエットの耳には届いたらしい。

「その、おしというのはどういう意味なんだ？」

ラビィが何度も口にする言葉を彼も気にしていたようだ。

早速説明しようとしたが、もともとオタク文化などないこの世界のラファイエットにわかる説明はなかなか難しい。

「ラビィ？」

促すように耳元で囁《ささや》かれたラビィは、一番近いと思う言葉を慌《あわ》てて口にした。

「だ、大好きって意味です」

言ってからたまらなく恥《は》ずかしくなったが、目の前のラファイエットが嬉《うれ》しそうに笑《え》んでいるのでまあいいかとも思う。

(これって、バカップルじゃないか？)

モブと推しが相愛になるなんて、本当に『ファース王国物語』は奥深い。

自分が作り出した新しいストーリー。その中で、ラファイエットと二人で生きていくのだ。

ラビィは思わず笑って、大好きなラファイエットを幸せにすると原作者に誓《ちか》った。

end

あとがき

こんにちは、ｃｈｉ－ｃｏです。今回は『モブなのに推しから愛されルートに入りました』を手にとっていただいてありがとうございます。

推し。最近いろんな媒体《ばいたい》でよく見る言葉です。そして、ちゃっかりその波に私も乗ってしまいました（笑）。

前世で大好きだったライトノベルの世界に転生した主人公の、推しへの迸《ほとばし》る愛をどうぞご堪《たん》能《のう》ください。

今回のイラストはｋｉｖｖｉ先生です。今回初めてのお仕事ですが、美しい推しを本当にありがとうございました。

イラストレーターさんて本当に凄《すご》い……毎回嬉《うれ》しい驚《おどろ》きです、ありがとうございました。ラビィと共に堪能させていただきます。

皆《みな》さんもそれぞれの推しのことを思い浮《う》かべながら、楽しんでもらえると嬉しいです。

サイト名『your songs』

http://chi-co.sakura.ne.jp

モブなのに推《お》しから愛《あい》されルートに入《はい》りました
chi-co《ちーこ》

角川ルビー文庫　24062

2024年３月１日　初版発行

発行者――山下直久
発　行――株式会社KADOKAWA
〒102-8177　東京都千代田区富士見2-13-3
電話 0570-002-301（ナビダイヤル）
印刷所――株式会社暁印刷
製本所――本間製本株式会社
装幀者――鈴木洋介

ISBN978-4-04-114583-8　C0193　定価はカバーに表示してあります。

KADOKAWA RUBY BUNKO

R

角川ルビー文庫

いつも「ルビー文庫」を
ご愛読いただきありがとうございます。
今回の作品はいかがでしたか?
ぜひ、ご感想をお寄せください。

〈ファンレターのあて先〉

〒102-8177 東京都千代田区富士見 2-13-3
株式会社KADOKAWA
ルビー文庫編集部気付
「chi-co先生」係

Novel
市川紗弓
イラスト／街子マドカ
片羽の妖精の
愛され婚
きみを想うと
愛おしさで胸が痛い。
もっともっと
きみに触れたい。
愛妻家な英雄公爵×片羽の妖精花嫁。
愛を知らない花嫁は蜜愛に溺れる――。
妖精郷を囲む大森林を救った礼として公爵へ差し出された妖精のリゼル。片羽だから厄介払いされたのだと落胆するが、公爵は大切な伴侶として自分を溺愛してくれる。リゼルは笑顔とともに妖精の力を開花し始めるが…？

ルビー文庫